Voyage en Aplostan

Photo de couverture : © Jean-Paul Fouques

Copyright Z4 Editions
ISBN : 978-2-490595-49-5

Voyage en Aplostan

Robert Notenboom

Premier chapitre

Les échecs ayant succédé aux échecs, les intellectuels les plus renommés s'étant trompés comme jamais dans leurs conseils au Président André François, celui-ci eut une idée de génie : aller voir lui-même comment les choses se passaient dans un pays prospère bien que mal doté par le destin en richesses naturelles. Il confia les clés de l'Elysée au premier ministre, se déguisa en homme ordinaire - tâche difficile - et prit le premier avion de ligne pour l'Aplostan.

Deuxième chapitre

Aloïs Dupont - tel était le nom qui figurait sur les faux papiers que ses services secrets avaient fournis à sa demande au Président, André se cala avec difficulté sur son siège dans le compartiment économique de l'avion de l'Aplos-Air-lines. Les places économiques y étaient deux fois moins chères que celles de la classe Affaires réservées aux gens qui ne payaient pas eux-mêmes leurs factures, mais trois fois moins larges et moins longues. Comme il n'était pas aussi grand que le montraient les portraits officiels, il réussit à étendre tout de même ses jambes. Bon, cela irait tout de même. Enfin, pour le moment, car il s'agissait d'un voyage d'une quinzaine d'heures avec une escale à Bang Kock. A peine fut-il installé, qu'un haut-parleur annonçait un tas de choses en Aplosding (la langue d'Aplostan) et dans une sorte d'anglais épouvantable dont il apprit plus tard qu'il s'agissait du globish, autre langue officielle du pays dans lequel il se rendait. L'avion prit rapidement son envol et très vite atteignit sa vitesse de croisière. Une hôtesse passa dans les allées, lui offrit un café et un exemplaire de l' "Aplos Morning Star". La première page, en dehors du titre, ne comprenait que de la publicité. Il l'ouvrit et constata avec surprises que les pages suivantes étaient blanches.

Il lui fit un geste et elle se précipita vers lui.

"Pourquoi les pages du journal ne comprennent-elles aucun article ? demanda étonné André François à l'hôtesse.

- Notre président - et nous sommes dans un avion de notre compagnie nationale - notre président est un grand philosophe et veut nous amener à comprendre que le passé n'est plus, que le présent dont on en parle est déjà du passé. Quant à l'avenir, il considère qu'il est entre les mains de Dieu et que nous ne le connaissons pas.

- Très sage, en effet répondit Aloïs, c'est-à dire André François mais pourquoi dans ce cas avoir un journal et vous, pourquoi l'offrez-vous dans votre avion ?

- Nous le distribuons parce que c'est la procédure dans notre compagnie. Pourquoi ce journal existe ? Je n'en sais rien. Il faudrait poser la question au Président."

L'hôtesse éclata de rire puis ajouta :

- Peut-être préférez-vous le "Figaro" ?

- Va pour le "Figaro" répondit Aloïs d'un air dégoûté en haussant les épaules.

Il parvint à s'endormir, ne se réveilla que pour une petite collation et se rendormit à nouveau.

L'avion amorçait maintenant sa descente. Par le hublot, il vit de grandes étendues boisées. Magnifiques.

D'un seul tenant. Pas une propriété, pas un terrain de golf, rien ! La nature semblait vierge comme au premier jour. Pas la moindre trace d'un feu de forêt alors qu'il venait de France où des incendies en ce moment même ravageaient des centaines d'hectares.

Maintenant l'avion survolait Aplospol, la capitale. Aloïs fut surpris du spectacle qui s'offrait à ses yeux, un miroir immense qui reflétait le ciel. On n'était plus qu'à quelques centaines de mètres et l'avion atterrirait bientôt. Aloïs s'aperçut alors que cette mer de lumière qui l'avait étonné était constituée de milliers de panneaux photovoltaïques qui couvraient tous les immeubles et même les routes et les places.

"Veuillez, s'il vous plaît, attacher vos ceintures" ? entendit-il. Bientôt il serait arrivé à destination. Tant de questions lui venaient qu'il aurait bien aimé poser au Président de l'Aplostan, qu'Aloïs regrettait un peu d'avoir choisi de faire ce voyage de façon anonyme.

"Je me débrouillerai" se dit-il. Il savait être philosophe, lui aussi.

Troisième chapitre

On était arrivé ! L'avion de l' Aplos-Air-Lines commença à atterrir. Presque verticalement, en ménageant de courts paliers pour ménager les oreilles des passagers.

Mêlé aux autres voyageurs, Aloïs Dupont descendit la passerelle. Il s'aperçut que la piste d'atterrissage était minuscule, pas plus longue que celle d'un porte-avions.

Arrivé sur la piste il fut tout de suite encadré par deux hommes en civils, de taille herculéenne. L'un d'eux l'interpella en globish :" Please follow us, President Bimbo wants to see you.

- Mais, tenta de répliquer Aloïs, pourquoi. ? Que se passe-t-il ?

- follow-me !

- Mais mes bagages ?

- We care of, nous nous en occupons !

Les deux gorilles le prirent par les épaules et le poussèrent sans ménagement à l'arrière d'un énorme 4 x 4. L'un des deux énergumènes s'assit à sa droite, l'autre à sa gauche. Les vitres du véhicule étaient presque noires et Aloïs se demanda comment le conducteur pourrait le conduire sans visibilité. La voiture démarra, sans conducteur. "Enfin, c'est clair" se dit flegmatiquement Aloïs, "c'est une voiture sans chauffeur".

Il regarda de plus près ses gardes : aucune expression sur leurs visages qui semblaient de cire. Imberbes. Pas de sourcils. Les cheveux semblaient artificiels, collés.

Ils gagnèrent une autoroute, traversèrent en trombe la ville d'Aplospol à ce que sembla deviner Aloïs à travers les vitres presque opaques .La voiture devait maintenant traverser une forêt. Au bruit, il conclut qu'on roulait maintenant sur des graviers, moins vite. Le véhicule s'arrêta.

Les deux gardes du corps jaillirent du véhicule. Ils demandèrent à Aloïs Dupont de sortir, poliment, les talons joints en faisant un salut quasi-militaire :

"You arrived. President Bimbo happy to meet you".

Celui-ci en effet avait descendu les quelques marches de ce qui semblait être une résidence luxueuse, lui sourit, vint à lui et lui dit en un français parfait !

- "Soyez le bienvenu dans le pays de la simplicité et de la sérénité ! »

Il sortit son téléphone portable de dessous la toge blanche qu'il portait, cliqua sur une touche et peu après le véhicule sans chauffeur s'éloigna, probablement en direction des garages. Quant aux deux sbires qui avaient accueilli Aloïs ou plutôt s'étaient emparés de lui, ils entrèrent dans le bâtiment ultramoderne devant lequel ils s'étaient arrêtés par une petite porte latérale, à côté de l'escalier d'honneur.

Côte à côte, le Président Bimbo et Aloïs gravirent les quelques marches qui menaient par une grande porte à doubles battants surmontée de l'inscription « Sam Rajâ domi », dans une grande salle vitrée de toutes parts. Ils la franchirent pour se retrouver dans un grand jardin qui devait faire le tour d'un bâtiment dont le style rappelait celui des châteaux-forts de la vieille Europe. Les fenêtres étaient rares et les murailles épaisses. Probablement à l'intérieur de cette forteresse, se trouvait un autre jardin ou une cour qui donnait de la lumière à l'ensemble.

Les deux hommes traversèrent les jardins et entrèrent dans la forteresse. Comme ils s'étaient ouverts à leur approche, les battants du portail se refermèrent sur eux après leur passage. Un maître d'hôtel vint à leur rencontre, tout souriant. Le président Bimbo lui serra la main comme à un vieil ami. Ce dernier les conduisit dans un petit salon dont les portes fenêtres donnaient sur un magnifique et lumineux jardin à l'anglaise. On pouvait y apercevoir une chaise longue où, probablement, le président venait se reposer des rudes tâches de chef suprême.

« Vous avez certainement plein de questions à me poser, dit-il d'entrée de jeu, N'est-ce pas, Président André François ?

André sourit, un peu surpris d'avoir été si vite reconnu.

- Tout d'abord, cher Président, comment avez-vous fait pour parler si bien notre langue ?

- Ici nous apprenons les principales langues – et la vôtre en fait partie – dès l'école maternelle et nos professeurs sont toujours des natifs du pays dont ils enseignent la langue. D'autre part, j'ai fait une partie de mes études en Belgique et en France.

- Mais, ajouta-t-il, venons en vite aux questions qui probablement vous taraudent.

- Oui, dit le Président François, mais d'abord, comment avez-vous su qui j'étais ?

- Très simple ! dit le Président Bimbo. Vous êtes venu avec de faux papiers, n'est-ce pas ?

- Des papiers au nom d'Aloïs Dupont...

- Qui n'est pas votre vrai nom et que vous ont établis par je ne sais qui...

- Je les ai demandés au Chef de nos Services de Sécurité.

- Qui je le suppose ne les a pas imprimés lui-même, ajouta le Président Bimbo en riant, mais les a fait établir par un imprimeur qui lui-même doit avoir mis au courant plusieurs collaborateurs.

- Oui, évidemment, fit Aloïs en haussant les épaules.

- Voyez-vous, nous, ici, nous sommes des gens simples. Quand nous voulons que quelque chose reste secret, nous n'en parlons à personne...

- Oui, mais dans le cas présent, qu'auriez-vous fait ? Suis-je en état d'arrestation ?

- Mon cher ami, vous permettez que je vous appelle ainsi ? Voyez-vous, vous êtes très connu mais nombreux sont les gens dans votre pays qui portent le même nom que vous et vous ressemblent. Vous auriez fait le même voyage, dans les mêmes conditions, en classe affaires, comme vous avez eu la sagesse de vous vêtir modestement, personne n'aurait fait le rapprochement entre cet André François et le prestigieux Président François. Peut-être, ajouta le Président Bimbo, avez-vous pensé à votre pauvre Louis XVI découvert et arrêté à Ravenne !

Voyant André contrarié, le président d'Aplostan, changea de sujet.

- Mais vous avez d'autres questions à me poser, je crois !

- Oui, Survolant votre pays que je pensais plus sec que le nôtre, je l'ai trouvé couvert de forêts verdoyantes et me suis étonné qu'aucun incendie ne semble les avoir ravagées depuis des années.

- C'est exact.

- Vous avez un secret.

- Plusieurs. En voici quelques uns!

Tout d'abord, Les pompiers ne sont pas autorisés à éteindre le feu qui gagnerait des habitations construites en dehors des agglomérations.

- Et vous laissez tout brûler, abandonnant les pauvres habitants à la plus affreuse des morts ?

- Pas du tout ! D'abord, vous avez pu constater – mais peut-être de si haut ne vous en êtes-vous pas aperçu – qu'il y a très peu de constructions en dehors des villes. En effet, comme les pompiers n'interviennent pas pour les éteindre, aucune compagnie d'assurance n'est assez folle pour assurer des biens abandonnés aux flammes et les gens, de ce fait, ont le plus souvent renoncé à construire en de tels lieux.

- Et les rares personnes qui le font tout de même, vous les abandonnez aux flammes ?

- Ils le mériteraient ! dit le Président Bimbo en éclatant de rire. Mais, soyons sérieux. Nous sommes humains. Les pompiers n'éteignent pas les incendies mais par un système, l'hélitreuillage, je crois, je ne connais pas trop les noms ni les détails, tirent ces malheureux hors des flammes et les déposent en lieu sûr. Bien évidemment ils devront par la suite s'acquitter des dépenses engagées pour les secourir.

- Je vois, dit André François, pensif ! Autre chose, survolant Aplospol, j'ai été frappé par la multitude de panneaux solaires qui semble recouvrir toute la ville…

- Et c'est beau, n'est-ce pas ?

- Oui, mais je me suis demandé ce que cela avait dû coûter en subventions pour engager tant de gens à les installer !

- Pas un sou, mon cher ami. Pas un sou. Nous ne subventionnons ni n'achetons personne. La loi prévoit simplement qu'aucun permis de construire ne soit plus attribué pour la construction d'un bâtiment neuf dont le toit ne serait pas constitué au moins à 50 % de panneaux solaires. Pourquoi 50 % ? parce que nous avons voulu que chaque habitant de nos villes puisse avoir un jardin et le cultive. S'il n'a pas de jardin au sol, cela sera sur son toit de telle façon qu'il produise une partie au moins de l'électricité et des fruits et légumes dont il a besoin. Vous êtes ici dans le pays de la simplicité.

Après une courte pause, le Président Bimbo ajouta : Avant que nous ne poursuivions cette conversation, je propose que l'on vous vous montre où nous pensons vous loger pendant votre séjour. J'ai pensé que vous vous trouverez bien à l'intérieur de cette enceinte, au centre d'un jardin à l'anglaise que vous voyez d'ici, dans un très bel hôtel qu'en honneur de votre pays nous avons appelé le « Petit Trianon » et où moi-même j'ai ma résidence privée. Au milieu de ce jardin, au centre du Château-Fort, non seulement nous sommes à l'abri de tout danger mais dans un monde intemporel qui favorise la réflexion.

Il se leva, engagea d'un geste André à en faire autant, et les deux hommes se dirigèrent vers la porte-fenêtre qui s'ouvrit en silence à leur approche.

Quatrième chapitre

Le Président Bimbo et André traversèrent un
très beau jardin à l'anglaise et parvinrent à un petit bâtiment qui ressemblait en effet de l'extérieur au Trianon. Une servante sur le pas de la porte les attendait et
les accueillit .

« Bonjour Monsieur le Président ! lui dit-elle en
se tournant vers André dans un excellent français. Je
suis ici pour veiller à la satisfaction de vos moindres
désirs. Je vais vous montrer vos appartements. Vos bagages sont déjà dans l'entrée de votre suite.

Le Président Bimbo ajouta : « Dès que vous
voudrez me joindre, dites-le à Margaret. De toute façon, nous nous verrons pour le dîner ».

Il s'éloigna, laissant le président français
s'installer et prendre quelque repos.
Après avoir fait quelques pas, il se retourna :

« Je n'oublie jamais une question et je vous
avais dit que j'avais pris plusieurs mesures pour éviter
les incendies de forêt. Nous en parlerons, si vous le
voulez toujours. La deuxième m'était sortie de l'esprit ;
que voulez-vous, nous n'avons plus jamais eu
d'incendies de forêt depuis que nous l'avons prise. Elle
a été d'une rare efficacité.

Tandis qu'Aloïs Dupont suivait Margaret, il vit
le Président aborder dans le jardin anglais, deux
hommes revêtus de toges écarlates. Ils semblaient

l'attendre .Il apprit plus tard qu'il s'agissait du ministre des affaires étrangères et de celui de la guerre. Ils s'assirent sur des chaises d'osier disposées près d'une pièce d'eau. Un valet en toge noire apporta une petite table basse, trois verres et des jus de fruits. Les deux ministres y posèrent leurs dossiers. Les trois hommes s'assirent.

« Asseyez-vous, mes amis, dit le Président. Lequel de vous commence ? »

André ne comprit rien des paroles qui suivirent, prononcées en aplosding, probablement.

Cinquième chapitre

André, après avoir défait sa valise et rangé ses affaires, prit une douche puis, rhabillé, s'était allongé sur le lit. Il avait branché la télévision mais toutes les chaînes qu'il put capter étaient nationales et en Globish, cette sorte d'anglo-américain qui permet à la quasi-totalité des habitants du monde de se comprendre, à l'exception des anglais et des français dont l'aversion pour toute langue étrangère est bien connue. André, en bon français, ne comprenant pratiquement rien, ferma le poste et s'endormit.

A huit heures moins le quart, quelques coups discrets à la porte le réveillèrent.

« Entrez ! dit-il,

- Si vous le voulez bien, lui dit en français la soubrette, Margaret, qui l'avait conduit à son appartement à son arrivée, d'ici dix minutes, je me permettrai de venir vous chercher et de vous conduire à la table du Président Bimbo qui est ravi de vous recevoir à dîner ». Elle s'inclina et sortit aussi discrètement qu'elle était entrée.

André se rendit dans la salle de bain et se regarda dans la glace pour s'assurer qu'il avait bien la tête du Président François. Il referma le col de sa chemise et remonta sa cravate qu'il essaya de faire tenir droite. Il savait qu'il avait la réputation de la porter toujours de travers ; probablement en raison des rondeurs de son ventre. Pour le cacher, on lui avait bien dit qu'il aurait intérêt à porter des vestons croisés d'une taille un peu supérieure à la sienne, mais il était connu pour écouter attentivement tout ce qu'on lui disait mais à ne se fier qu'à lui-même.

Les dix minutes passées, Margaret revint et le conduisit par un dédale de couloirs jusqu'à un petit salon où une table avait été dressée pour deux personnes. Avant qu'André ne prenne place, un carillon sonna huit heures et au dernier coup, le président Bimbo entra.

Etrange, sa tenue : Une toge à l'antique fermée d'une fibule de bois, de couleur blanche sur une tunique blanche elle aussi. L'austérité de son apparence mettait en valeur un large sourire qui éclairait un visage un peu rond sous une tête chauve.

« Asseyons-nous » dit le Président Bimbo. A un léger signe, alors que personne n'était dans la pièce, un valet entra poussant un premier chariot de boissons, suivi de deux autres valets poussant des chariots de victuailles. « J'ai prévu un petit repas froid, dit-il. Ainsi nous ne serons pas dérangés par les allées et venues des uns et des autres.

- Alors, poursuivit-il vous vouliez savoir quelle était la deuxième recette pour éviter les incendies de forêts ? Eh bien, nous avons demandé à notre parlement de bien vouloir voter une loi interdisant la délivrance pendant vingt-cinq ans de tout permis de construire sur un terrain dévasté par le feu.

- Rien en matière de répression pour les incendiaires éventuels ? demanda André.

- Rien de spécial ; mais nous avons dans notre Code de la Nationalité quelques particularités qui évitent la répétition de la plupart des petits délits. Il va sans dire que les étrangers qui commettent de petits délits, eux, sont l'objet d'une expulsion immédiate de notre pays.

- Et quelles sont ces particularités ?

- Eh bien ! je vais y venir. Mais buvons en l'honneur de nos deux pays une coupe de cet excellent Champagne.

Ils trinquèrent en silence. « Voyez-vous, commença le Président Bimbo en décortiquant avec adresse et fermeté une langouste, tous nos pays savent d'une façon ou d'une autre se débarrasser des grands criminels. Certains les mettent en prison, d'autres dans des camps de travail, d'autres comme nous les mettons à mort....

- Quoi ! S'indigna André, vous pratiquez encore la peine de mort !

- Oui, nous en reparlerons, poursuivit le président, un peu agacé par cette interruption, nous savons nous débarrasser des grands criminels de telle façon qu'ils ne puissent plus nous nuire. Le problème, ce sont les petits délits. Le plus communément – et nous-mêmes en Aplostan ne savons faire autrement – nous les mettons en prison quelques mois, puis ils ressortent et ne peuvent que récidiver. Normal, d'ailleurs : un ancien détenu, aucun patron ne veut l'embaucher ! Donc, récidive ! Aussi à ma demande, le parlement a bien voulu mettre en place la Carte d'Identité à Points. J'avoue m'être inspiré de   l'un de vos prédécesseurs qui créa le Permis de Conduire à Points. A sa majorité, à la fin de son Service National, tout natif d'Aplostan se voit remettre une Carte d'Identité comprenant dix cases. A chaque délit, une ou plusieurs cases sont co-chées. Quand les dix points sont cochés, le délinquant récidiviste se voit perdre la nationalité aplostane et sa carte d'identité lui est enlevée ainsi que le droit de res-ter sur notre territoire en tant que citoyen. « Nun tu vluk ! ». « Tu es maintenant un loup », énonce à son endroit le juge. Nous lui donnons le choix de s'exiler ou d'être ravalé au statut d'un 10, les plus simples de nos robots humanoïdes, perdant par la même ses droits civiques. Il travaille comme un humanoïde de catégorie 10, donc très encadré. Il est cependant payé et logé le soir dans un Foyer. J'ajoute, que si un premier délit est puni, mettons, d'un mois de prison, un second le sera de deux, la punition doublant à chaque fois. Ainsi, les dix points sont-ils perdus au quatrième petit délit.

André était scandalisé et bien qu'il gardât le si-lence, le Président Bombo le remarqua. Il poursuivit donc, lui donnant comme un coup de grâce :

« Vous restez muet d'admiration et vous avez raison. Nous avons moins de prisons que vous mais contrairement aux vôtres elles ne sont pas la honte de notre pays. Les détenus ont chacun une chambre particulière, tout le confort et partagent à plusieurs un petit salon et une salle de bains. Elles sont tellement confortables que lorsque nous manquons de détenus, l'Administration Pénitentiaire en loue à des touristes peu fortunés.

Prendrez-vous encore une petite coupe de champagne, cher ami ? Il ajouta. Cette mesure générale a énormément réduit le nombre de petits délits, et donc aussi le nombre de feux de forêts dont nous parlions tout à l'heure. »

Le Président André Dupont sirota en silence son Veuve Cliquot 1905. Des serviteurs, habillés à la française, venaient d'entrer apportant glaces, gâteaux, douceurs.

« Oui, j'aime beaucoup la douceur, conclut en souriant le président Bimbo. Tout est fait en douceur dans notre pays, sans contrainte. Les citoyens connaissent les règles qu'ils ont eux-mêmes édictées et fait voter par le parlement. Ensuite, ils choisissent librement de les appliquer ou non, assumant les conséquences de leurs actes.

- Comme la peine de mort ! Ajouta, sarcastique le Président Français.

- Ah oui ! je vois que cela vous scandalise. Je voudrais ajouter que cette Carte Nationale est en même temps l'équivalent de votre carte « Vitale », de votre permis de conduire et de plusieurs choses encore. Mais je crois me rappeler qu'un autre sujet vous tenait à cœur…

- Oui, les panneaux solaires, fit André sans grande conviction.

- Ah oui, les panneaux photovoltaïques ! « dit le président Bimbo. Ecoutez, maintenant que notre petit repas est fini, je vous propose que nous nous rendions en ville – incognito – bien sûr. Ainsi vous les verrez de près.

Il fit un petit signe, un peu différent de celui qu'il avait fait précédemment et un homme d'une quarantaine d'années entra.

« Vous connaissez déjà Achille, n'est-ce pas ? C'est mon homme de confiance, mon valet de pied, mon majordome comme on disait chez vous jadis, mon « butler » comme on dit ici en globish, mais il est beaucoup plus que cela pour moi, un ami, un confident et surtout un conseiller dont j'écoute et apprécie les avis.

Mon cher Achille, poursuivit le Président Bimbo, pouvez-vous faire en sorte que d'ici cinq minutes on nous conduise discrètement en ville ?

Sans rien dire, Achille sortit et le Président se leva, fit signe à André d'en faire autant et les deux hommes se dirigèrent vers la porte, la franchirent, traversèrent le jardin intérieur, franchirent le porche du château fort, le traversèrent et arrivèrent dans le parc qui le séparait du Palais Présidentiel.

« Voyez-vous, les robots humanoïdes ne sont pas admis dans ma petite résidence privée, seulement quelques humains, triés sur le volet et que je considère comme des amis. »

A la sortie du fort, le Quatre-Quatre Présidentiel aux verres fumés les attendait ainsi que les deux robots qui avaient accueilli le président français à l'aéroport. Les mêmes, ou d'autres. Parce que rien ne les distinguait si ce n'est le numéro brodé sur le col de leur veston et André ne se rappelaient pas si c'était les mêmes. Ceux-ci portaient les numéros 33 et 44.

33 ouvrit la porte gauche au président Bimbo et 44 celle de droite à André. 33 et 34 s'installèrent à l'avant et la voiture, soit d'elle-même, soit par les bons offices de 33 se mit en route, franchit le Palais Présidentiel et prit la route.

« Oui, les panneaux solaires….. dit le président Bimbo, Voyez-vous, nous sommes un petit pays sans grandes ressources naturelles mais bien que le climat soit rigoureux dans la plus grande partie de notre pays, notamment dans le nord, assez montagneux, où nous nous trouvons , la luminosité y est grande. Nous ne produisons pas de pétrole et n'avons pas voulu nous lancer dans l'industrie atomique.

- Pourtant je me suis laissé dire que secrètement, vous aviez….

- Laissez-les dire. Non, nous ne voulons pas vivre à crédit. Or les centrales nucléaires coûtent une fortune à construire et plus encore à déconstruire et les économies qu'elles font faire sont tout-à-fait illusoires sur le long terme. D'autre part, sur le plan militaire, nous avons mieux…

- Oui….

- Peut-être en parlerons-nous, peut-être pas, dit le Président avec un large sourire. Mais soyons sérieux, ajouta-t-il, revenons-en aux panneaux solaires. Vous m'avez demandé ce qu'ils nous ont coûté en subventions. C'est bien ainsi que vous appelez les sommes énormes que vous donnez aux uns et aux autres pour qu'ils agissent selon vos vues ? Ici, nous n'achetons personne et respectons tout le monde. Il est tout simplement interdit de couvrir un nouveau bâtiment d'une autre toiture que revêtue de panneaux solaires au moins à 50 %, le reste devant être consacré à des jardins. Pas de panneaux solaires, pas de permis de construire. Pas de rénovation autorisée de bâtiments anciens s'ils ne sont pas eux aussi pourvus de panneaux solaires. C'est tout simple. Une seule exception : les immeubles classés « Monuments Historiques ». Ainsi le Palais Présidentiel est couvert de panneaux solaires et d'une orangeraie mais ni le Château Fort ni le Trianon. Voyez-vous, nous sommes un pays très attaché à notre patrimoine et si nous n'avons pas de ministère de la culture, nous en avons un du Patrimoine que nous choyons.

- Vous n'avez pas de Ministère de la Culture ? s'exclama, indigné, le Président André François.

- Certes non ! répondit le président Bimbo. C'est tout-à-fait contreproductif.

- Quoi ? André manqua s'étrangler.

On était arrivé aux limites d'Aplospol.

Le quatre-quatre avait bien roulé, traversé des forêts, d'immenses champs, aucune banlieue, et tout d'un coup, sans transition, on se trouvait en ville. André s'en étonna :« Oui, dit le Président Bimbo, nous nous sommes inspirés de la façon dont les néerlandais géraient les sols des nouveaux polders asséchés. La terre est un bien précieux. C'est au plus haut niveau de l'Etat qu'est décidé quelle part du territoire national sera dévolue à la forêt, aux champs cultivés et aux villes. Pas de ces zones intermédiaires qui défigurent vos campagnes.

Sixième Chapitre

Arrivée en centre-ville, la voiture présidentielle se gara dans un parking public sur la place Atatürk. 33 et 44 jaillirent du véhicule et ouvrirent les portes l'un au président Bimbo, l'autre au président français. Puis ils reprirent leur place dans le véhicule, l'un à l'avant, l'autre à l'arrière.

Prenant André par le bras, le Président Bimbo lui dit : « J'ai voulu que vous vous rendiez compte par vous-même de ce qu'est notre capitale, que vous voyez nos rues, nos places, déjà celle sur laquelle nous marchons et qui, vous en apercevez, est revêtue de panneaux solaires. Notre véhicule, pendant que nous irons chacun de notre côté faire un tour, rechargera ses batteries au moyen de capteurs de même que nos gardes du corps, comme vous pouvez le voir, qui se sont déjà branchés sur les allume-cigares.

- Quelle heure avez-vous ? poursuivit-il, consultant son téléphone portable. Moi j'ai 15 heures. Vous aussi ? Eh bien retrouvons-nous ici même, devant notre voiture pour....mettons.....17 heures. Cela vous va-t-il ? »

Sans attendre sa réponse, le président Bimbo s'en fut et entra dans un bâtiment qui donnait sur la place Atatürk. Au-dessus de sa porte, modeste, une simple plaque de cuivre indiquait : « Department of foreign Affairs » et en dessous « Xost relazia stati ».

Quant à André, dans cette ville grandiose aux immenses gratte-ciel, il se sentait tout petit. Il se sentait redevenu Aloïs Dupont ! Aloïs donc, s'engouffra dans une rue étroite qui partait de la place et qui, selon un panneau qu'il réussit à lire, le conduirait au « Business Center ». Il regrettait un peu de n'avoir pas sur lui un peu de l'argent du pays, seulement des euros et des dollars et bien sûr sa carte « American Express ».La rue n'était en effet pas très large mais aucune voiture n'y circulait. D'un côté comme de l'autre, il y avait une sorte de tapis roulant. D'un côté le tapis roulant – André comprit très vite que ce trottoir était lui aussi un panneau solaire, mais mobile – menait les gens dans une direction ; de l'autre côté de la rue, un autre tapis les menait dans la direction inverse. Entre les deux tapis roulants, une sorte de terre-plein, où se trouvaient disposés tous les vingt mètres des bacs à fleurs. Empruntaient ce terre-plein les gens qui voulaient traverser ou inverser le sens de leur promenade. C'était sans grand danger d'autant que les tapis avançaient très lentement. Les gens âgés pouvaient s'asseoir sur des bancs disposés de place en place. Les gens pressés, eux, marchaient. Un peu comme je faisais dans le métro à Chatelet ou à Montparnasse quand je prenais encore le métro, se dit André. Il choisit de marcher mais pas trop vite pour regarder les vitrines. Décevantes, les mêmes enseignes qu'à Paris, Londres ou Shanghaï.

Une femme l'aborda et lui dit : « Would U like to drink a cup of tea with me ? »Surpris, mais tenté par

l'aventure et se rappelant qu'il n'avait pas d'argent local sur lui,

- Oui, pardon ! Yes, with pleasure » répondit
Aloïs à cette jeune femme, ma foi, assez jolie. Il lui
emboîta le pas.

Septième chapitre

Tiens, se dit Aloïs, dans ce pays où tout semble différent d'ailleurs, ils font l'amour comme nous. Evidemment, chez nous, c'est plutôt nous qui draguons les nanas ; ici il semblerait que ce soit elles qui nous draguent. Pourtant, il refusait de tirer des conclusions générales de ce qui s'était passé entre cette femme et lui. Blasé, il était habitué dans sa position sociale à multiplier les succès féminins. Malgré sa taille médiocre, ses joues bouffies, sa cravate de travers et son gros ventre ! Pendant qu'Elisa, tel était son nom, se refaisait une beauté dans la salle de bain, allongé sur le lit défait, il contemplait le cadre dans lequel il se trouvait, la chambre aux meubles semblables à ceux du monde entier, le lustre en faux Murano, d'affreux tableaux, une télé.

« You want look telly ? demanda Elisa venue voir comment il allait.

- No, thank U, répondit-il

- A cigarette, maybe ?

- Vous fumez encore en Aplostan ? demanda-t-il étonné. En France, cela se perd. C'est presque interdit partout.

- J'ai lu un livre sur ton pays, dit-elle. On y dit que tout ce qui n'est pas obligatoire y est interdit et que tout ce qui n'est pas interdit y est obligatoire.

Aloïs se cabra, vexé.

- Nous sommes le pays de la Liberté. Notre devise nationale est « Liberté – Egalité – Fraternité ».

- Ne me fais rire, répartit Elisa. Je suis prof d'Histoire et votre pays est réputé pour avoir été le pays de la politesse et donc de l'hypocrisie. »

Voyant qu'Aloïs était contrarié, Elle se reprit et ajouta : « C'est aussi le pays des bonnes choses, des bons vins, de bons alcools. Veux-tu un petit verre de Chartreuse Verte ?

- Va pour la Chartreuse ! dit Aloïs. Irrémédiablement sérieux, il ne put s'empêcher de parler à nouveau du tabac. Vous savez pourtant ici que le tabac peut être dangereux pour la santé ?

- Mais oui, mais oui, we know that, et c'est pourquoi il n'est remboursé qu'à partir d'un certain âge par la Sécurité Sociale.

- Quoi ! s'exclama indigné Aloïs qui se sentait redevenir André François, président de la République Française

André François allait demander pourquoi diable le tabac était ici remboursé par la Sécurité Sociale quand des coups violents furent frappés à la porte. Margaret se précipita, ouvrit, et 33 et 44 entrèrent en trombe.

"You forgot time, hurla 44. President Bimbo is waiting. Come at once !" L'autre robot humanoïde hocha la tête. Ils se saisirent d'André et sans trop de ménagement le prirent par les bras. André n'eut que le temps de saluer Margaret et de lui donner en hâte son numéro de portable.

Tous les trois, ils coururent sur le trottoir roulant jusqu'à la place Atatürk. Arrivés à la voiture présidentielle, 33 et 44 firent monter André à l'arrière où le président Bimbo les attendait.

Il vit que le Président français semblait courroucé.

« Nous sommes ici très à cheval sur l'exactitude, cher Président. J'espère que mes gardes ne vous ont pas trop brusqué. Je sais. Nous avons encore quelques petits progrès à faire dans le paramétrage de leurs cerveaux. Le logiciel est un peu sommaire mais nous y travaillons. Rien de bien compliqué ! Ces robots sont fiables mais ils manquent peut-être encore de subtilité. Mais vous le savez, ajouta le président Bimbo, il est difficile d'allier fiabilité et subtilité et bien souvent quand un collaborateur, fut-il premier ministre est trop subtil, la trahison n'est pas loin ».

André François, un peu boudeur, choisit de ne rien dire et préféra regarder le paysage de champs cultivés, assez petits et bordés de haies verdoyantes.

« J'ai appris que dans votre pays, la consommation du tabac non seulement n'est pas freinée mais que celui-ci est même remboursé par votre Sécurité Sociale.

- Vous faites une petite erreur, Président, à l'école puis plus tard au Service National, nous faisons tout notre possible pour dissuader nos citoyens de fumer et d'ailleurs, comme chez vous, sa consommation est interdite dans les lieux publics. Mais, voyez-vous, l'Aplostan est un pays libre et malgré nos efforts, les aplostanais, surtout les plus pauvres - comme chez vous d'ailleurs – continuent de fumer. Aussi, nous apportons une petite aide sociale aux plus irréductibles d'entre eux en leur remboursant une partie de leurs dépenses en tabac. Mais nous ne le faisons qu'à partir de l'âge de 45 ans.

- Pourquoi 45 ans ?

- Un collège de chercheurs a établi qu'il fallait en moyenne une vingtaine d'années pour que la consommation de tabac induise un cancer des poumons. Avec la mesure que nous avons prise, notre population active reste saine et productive. Nos caisses de retraite – en difficulté comme partout – voient un peu amélioré leur équilibre financier par une durée de vie un peu diminuée chez les gens qui se mettent à fumer ou à fumer davantage à cet âge.

- Vous incitez les gens à fumer, au péril de leur vie, pour des raisons financières ! s'indigna André.

- Pas du tout ! Dans un premier temps nous faisons tout ce que nous pouvons pour dissuader nos jeunes de fumer, ne serait-ce que parce que le tabac est très cher chez nous. D'autre part, il est très rare que des gens qui n'ont jamais fumé se mettent à le faire parce que cette drogue leur serait partiellement remboursée. Quant aux fumeurs, arrivés à l'âge de 45 ans, ils sont tellement dépendants de leur drogue qu'il serait peu raisonnable de vouloir les guérir de cette addiction.

- Il y a une certaine logique dans tout cela, concéda André. Il n'en reste pas moins que vos solutions sont originales.

- Et simples n'est-ce pas ? » conclut le Président Bimbo.

Le quatre-quatre était arrivé devant le Palais Présidentiel. 33 et 44 en jaillirent et ouvrirent les portières aux deux présidents puis disparurent tandis que la voiture se dirigea toute seule vers les garages.

Achille les accueillit en souriant. Bimbo lui donna l'accolade et ils franchirent le premier seuil, le premier jardin, traversèrent le bâtiment qui ressemblait à un château-fort, l'autre jardin et parvinrent au Trianon où Margaret les attendait.

Huitième chapitre

Le lendemain, après un plantureux petit déjeuner que Margaret lui avait apporté dans sa suite, André reçut un coup de téléphone. Achille, l'homme de confiance du Président Bimbo, lui demandait si une journée libre lui ferait plaisir. Il lui offrit de mettre à sa disposition une voiture et un chauffeur. André accepta avec plaisir cette journée de « quartier libre ». Le soir pourtant, apprit-il d'Achille, le Président serait heureux de le recevoir à sa table. Le ministre des Affaires Etrangères, Sir Edward Balatan serait des leurs.

Vers 9 heures 30, Achille vint chercher le Président Français et le conduisit à une DS. Un homme en sortit. « Je vous présente Gustave, Gustave Merivan qui sera votre chauffeur pendant votre séjour dans notre pays. Il est très cultivé et a fait Sciences Po chez vous. Son seul point faible, il dépense plus qu'il ne gagne. Normal, c'est ce qu'on semble apprendre dans cette école. Enfin, vous pourrez lui poser toutes les questions qu'il vous siéra.

Achille leur fit un geste d'amitié et rentra dans le Château Fort.

-Voulez-vous, lui demanda Gustave, hésitant. Voudriez-vous revoir Madame Elisa Mattan que vous avez dû quitter un peu brusquement hier ?

- Oui, bien sûr, mais comment savez-vous ? Pourrez-vous la joindre, parce que je ne connais pas son adresse.

- Bien sûr ! répondit brièvement Achille qui envoya un message sur son smartphone.

La DS démarra, franchit les portes du Palais Présidentiel et les conduisit à Aplospol, s'arrêtant dans une des rares petites rues du « Business Center » autorisées aux voitures. « Vous êtes arrivé, Monsieur ! Vous tournez à droite, c'est au numéro 364 au 3ème étage. Madame Mattan vous attend. Vous n'aurez qu'à m'appeler sur ce numéro et je viendrai vous chercher. » Gustave remit à André une carte de visite.

Quand il arriva à l'adresse indiquée, Margaret, souriante, l'attendait au pied de l'immeuble.

Après de chaleureuses salutations, « Je suis confus, dit André, de m'immiscer ainsi dans votre vie privée. Vous êtes peut-être mariée !

- Une question que vous auriez dû me poser plus tôt, dit Elisa en riant. Non, ajouta-t-elle. Mon fils a dix-huit ans. Je ne le suis donc plus.

- Je ne comprends pas…

-Ah oui, vous êtes Français, et dans votre pays de liberté, on se marie pour la vie ! Elle rit, avant d'ajouter. Ici c'est un peu différent. Le mariage tel que vous le connaissez n'existe plus. Nous contractons un « contrat d'éducation » avec notre partenaire quand nous en avons un enfant et lorsque ce dernier atteint dix-huit ans et devient majeur, il est mis fin ipso facto au contrat. Dans un pays de liberté comme le nôtre, les contrats à vie sont interdits.

- Et votre fils ?

- Il ne m'appartient plus. Il est majeur et fait son service militaire. Bientôt il sera un citoyen.

- Parce qu'il y a un Service Militaire en Aplostan ?

- J'aurais dû parler d'un Service National. Mais si nous parlions d'autre chose, dit Elisa en minaudant. Ne suis-je pas plus importante qu'un Service Militaire ?

Confus, André François la prit dans ses bras.

Neuvième Chapitre

Le retour d'Aplospol vers le Palais Présidentiel s'était fait sans histoire. En fin d'après-midi, André avait appelé son chauffeur et cinq minutes plus tard ce dernier avait sonné et s'était présenté au parlophone. André, un peu fatigué, à peine assis dans la DS s'était assoupi et avait dormi pendant tout le trajet. Il s'éveilla au bruit léger que fit Gustave en ouvrant la portière.

« Nous sommes arrivés. » avait-il dit sobrement.

Au moment où il sortit de la voiture, il vit 44 qui se mit au volant pour conduire la DS au garage. Gustave Mérivan et lui franchirent le portail du Palais, la cour, le Château-fort et gagnèrent le Trianon.

« Achille viendra vous chercher vers 19 heures, dit Gustave. Le dîner se tiendra non au Trianon, ni au Château-Fort mais dans les jardins au-dessus du Palais Présidentiel. Le Président Bimbo et notre ministre des Affaires Etrangères auront terminé leur séance de travail et seront heureux de partager un moment avec vous », ajouta-t-il avant de céder la place à Margaret qui le conduisit à sa suite.

André, sans se dévêtir, s'allongea sur son lit. Une bonne heure de repos lui ferait du bien. Des pensées lui trottaient dans la tête. En fait il n'était pas très content de lui. Chez Elisa, il n'avait pu poser toutes les questions qu'il aurait souhaité. Ainsi il aurait voulu en savoir plus sur le mariage en Aplostan, le rôle des parents à l'égard de leurs enfants, ce qui se passait pour ces derniers la majorité atteinte à l'âge de dix- huit ans, le service militaire qui en France avait été supprimé par le Président Chirac et que ses successeurs ni lui-même n'avaient osé rétablir.

Peut-être ce soir, pourrait-il aborder ce dernier point avec le Président et le ministre des Affaires Etrangères. Il savait que l'Aplostan était une puissance moyenne entourée de puissants voisins comme la Chine, la Russie et l'Inde et que ce pays ne devait d'être encore indépendant qu'au fait d'être dépourvu de richesses naturelles d'un grand intérêt et que sa situation géographique n'en faisait pas une enjeu stratégique d'importance, bien qu'au sud, ce pays disposât d'une petite zone littorale en bord de la mer de Chine, d'une importante ville portuaire, Dalankhot et de quelques îles. Comme tout homme politique, il savait que le Président Bimbo en avait fait des paradis fiscaux où les dignitaires des pays voisins pouvaient placer en toute sécurité leurs économies. Ces dispositions, outre qu'elles étaient rentables, garantissaient que leur appartenance à l'Aplostan n'était contestée par personne.

Il se leva et se rendit dans la Salle de Bain. Fallait qu'il soit digne ce soir de représenter la France ! Ah mais !

Dixième Chapitre

Le dîner eut donc lieu sur le toit du Palais Présidentiel auquel on accédait par un ascenseur. Il faisait encore jour et des lustres éclairaient discrètement un vaste jardin où André crut discerner des orangers. Au loin, on apercevait des plaines bien irriguées et sur les coteaux, il crut deviner des vignes. Plus loin encore, les premiers monts de l'Himalaya que les ombres du soir commençaient à envelopper.

Achille conduisit André jusqu'à la table qui avait été dressée et s'éclipsa. Le Président Bimbo, sans cérémonie, lui fit signe de s'asseoir.

« Prenez place ! Je vous présente son Excellence, Monseigneur Balatan qui nous fait l'honneur de conduire les Affaires Etrangères. Puis, se tournant vers ce dernier – un homme encore jeune , vêtu comme le Président Bimbo d'une toge, mais écarlate et non blanche – lui dit : Je vous présente mon ami, le Président André François »,

Ils s'assirent autour de la petite table ronde et le Président Bimbo ajouta : Le service sera assuré par nos collaborateurs 56, 57 58 et 59. Leur discrétion est parfaite. Seul, Gustave, que vous connaissez déjà, n'est-ce pas André, en ce qu'il vous a servi de chauffeur, Gustave Marivan, se tiendra à nos côtés. Cela ne vous gêne pas que nous nous appelions par nos prénoms, n'est-ce pas ?

- et quel est le vôtre ? demanda André François.

- Edward, répondit le ministre des Affaires étrangères

« Bimbo » est mon prénom. Je n'ai pas d'autre nom. Je suis un « anonyme » comme l'on appelle chez vous les petites gens, ajouta le Président Bimbo en éclatant de rire.

Edward sentit qu'André était peu sensible à l'humour aplostanais et pour détendre une atmosphère qu'il sentait s'alourdir. Il prit la parole :

« Cher André, je tiens à vous faire part de mon admiration pour être venu incognito dans notre pays pour en comprendre, je crois, les mœurs et les coutumes. Puis-je, en tant que ministre des Affaires Etrangères, contribuer à votre édification en la matière.

- Oui, répondit André, rasséréné. Vous êtes un pays pacifique et n'avez de conflit avec aucun autre. Et pourtant tous vos jeunes font un service militaire. N'est-ce pas étrange ?

Edward entreprit de répondre : « Nous avons peu de conflits parce que nous avons une grande armée.... »

56 et 57 sortirent de l'ascenseur, poussant chacun un chariot de hors d'œuvres, l'un de crudités et l'autre de fruits de mer. Ils nouèrent des serviettes au-

tour du cou des trois convives et entreprirent de les servir.

- What you want, President? demanda 56.

- Some caviar, a glass of vodka and an orange juice, dit Bimbo.

- Eh bien, dit Edward, c'est là une décision récente et judicieuse de Bimbo. « Me too », ajouta-t-il à l'intention de 56 qui était arrivé à son niveau. De plus nous disposons d'armes sophistiquées dont vous comprendrez que je ne vous parle pas.

Vers la fin du repas qui s'était déroulé dans un quasi silence, Bimbo reprit la parole :

« Edward a glissé dans son propos tout à l'heure que la décision d'instaurer un service national venait de moi. En fait, lui, il était très réservé…

- Mais non, Bim,

- Mais si, Edward. Mais si, face à ceux qui au parlement voulaient un service d'un an et ceux qui n'en voulaient pas du tout, vous aviez proposé un service d'un ou deux mois. Une sorte de synthèse à la française… Oh ! excusez-moi, dit Bimbo, se rappelant la nationalité d'André.

- Soyons sérieux. Cela n'aurait eu aucun sens. Le service militaire s'intègre dans un Parcours d'Intégration à la nationalité aplostane. En voici les points principaux :

Arrivés à dix-sept ans, les jeunes gens au début de l'année universitaire qui suit sont appelés sous le drapeau aplostanais, sans dispense ; les infirmes avec les technologies modernes peuvent et doivent savoir qu'ils peuvent servir la patrie. Sans sursis non plus pour des études supérieures qui seraient déjà engagées.

Pendant 6 mois, ils font donc un service militaire. Ensuite, pour les six mois qui suivent ils ont le choix entre la poursuite de ce même service militaire avec un grade ou bien un service civil, pompier, aide aux handicapés, aide aux vieillards, etc...

Pendant le service militaire, les jeunes apprennent à conduire tous les véhicules, apprennent à réanimer les gens en difficulté, les rudiments du combat rapproché (autodéfense). Ils ne perdent pas leur temps ! A l'issue du Service National, les jeunes deviennent vraiment les fils et les filles de la Nation et reçoivent à ce titre une somme de 25000 slops pour démarrer dans la vie, ainsi que leur Carte d'identité, qui n'est d'ailleurs pas seulement cela mais l'équivalent de votre carte d'électeur et de votre« carte vitale » ; son numéro est le même que celui qui figure sur toutes les voitures que peut posséder le citoyen.

- Vous rappelez vous, Edward, du mal que nous avons eu pour faire accepter cela par le parlement ? dit Bimbo qui s'était tourné vers Edward.

- Oui, concéda Edward qui, issu d'une grande famille fortunée, devait alors avoir été lui-même réticent à l'adoption de cette réforme. Il avait fallu pour faire cela augmenter les impôts sur les successions.

- Ah ! les impôts ! intervint André, très à l'aise sur ce sujet. Vous avez donc vous aussi dû augmenter les impôts ? On nous reproche beaucoup, à nous Français, d'être la nation qui paie le plus d'impôts.

- Rien à voir ! Nos impôts sont à la fois moraux et efficaces. Ce que nous recherchons c'est de faire en sorte que la fiscalité soit notre principal instrument pour établir l'égalité entre les citoyens. Vous voyez, rien à voir avec un pays tel que le vôtre, malgré sa devise Liberté, Egalité, Fraternité. Ainsi, Cette dotation que reçoit chaque jeune citoyen est financée par une taxe sur les successions très élevée. Ensuite, Nous frappons le moins possible les bénéfices et le travail, parce qu'il est bon de travailler et qu'il est bon que les entreprises fassent du profit. Ensuite, nous avons une TVA et une TSD, Notre TVA est imitée de la vôtre sinon qu'elle présente deux particularités. La première : elle ne frappe pas les produits de première nécessité et frappe plus lourdement les objets de luxe et inutiles. D'autre part, quand il n'y a aucune valeur ajoutée, il n'y a pas de TVA. Des pommes de terre juste sorties du sol et vendues en l'état ne sont pas soumises à la TVA. Le sont en revanche les frites surgelées et les conserves.

Quant à la TSD, ou taxe à la distance, elle frappe les produits d'autant plus fort qu'ils ont beaucoup voyagé pour venir sur le lieu de consommation.

Pour reprendre l'exemple des pommes de terre, si elles ont poussé dans un rayon de 25 km d'Aplostan, leur vente ne sera pas soumise à la TSD. Leur TSD sera par contre élevée si elles viennent de l'autre extrémité de notre pays et très élevée si elles viennent de plus loin, de Nouvelle Zélande par exemple. Vous voyez, c'est très différent de ce qui se passe chez vous.

Il y eut comme un froid. Un long silence.

Heureusement, l'on apportait les cafés et les liqueurs.

Une question incongrue vint à l'esprit d'André. Il se risqua ! « et si je voulais devenir aplostanais….me faire naturaliser ?

Bimbo éclata de rire, puis reprenant son sérieux répondit : « Vous avez une cinquantaine d'années ?

- Oui,

- Donc il vous faudra demeurer cinq ans au moins dans notre pays et ensuite faire votre Service National.

- Mais j'ai déjà fait un service militaire en France !

- Une commission analyse chaque cas. Dans le vôtre, vous seriez dispensé, je crois, de tout ou partie des six premiers mois. Voulez-vous que je vous fasse tenir les documents à remplir ? ajouta Bimbo en riant.

« Nous verrons cela, nous verrons cela », répondit Aloïs en riant lui aussi.

Onzième chapitre

Comme il faisait un peu frais maintenant, ils avaient quitté le jardin suspendu, regagné le Palais Présidentiel et pris place dans un petit salon meublé de meubles modernes minimalistes. Des Knoll et même des Jean Prouvé. Aux murs des Matisse et avait-il semblé à André, quelques Nicolas de Stael. Après les cafés et la Chartreuse verte, la douceur préférée du Président Bimbo, les esprits calmés, carrés dans de larges fauteuils, les trois hommes se taisaient. Conduits par Achille, des robots étaient venus et avaient aux fenêtres descendu de lourds volets roulants en acier. Sur la plus grande d'entre elles, était apparu un écran sur lequel Aplos TV One donnait en continu les informations.

- Ce sont des journalistes libres, expliqua Bimbo à André. Ce sont des fonctionnaires directement rattachés au Secrétariat de la Présidence.

- Et vous appelez ça libres ? s'étonna André.

- Pas vous ? Je veux dire qu'ils ne sont pas soumis aux pressions d'annonceurs, des sociétés d'argent. « Aplos TV One » n'accepte aucune publicité et nos journalistes sont donc libres de transmettre les informations telles que les préparent pour eux notre service de rédaction. Nous avons une autre chaîne d'état, mais on s'y exprime en Aplosding, Aplostan Televisi, dont les programmes sont plus culturels.

- Et des chaînes privées ?

- Oui, certes.

- Et sont-elles soumises à quelque censure ?

- Certes non ! Il leur est seulement interdit de s'exprimer en aplosding, langue dont nous voulons sauvegarder la pureté. Bien évidemment, si elles donnent des informations fausses, nous portons plainte contre elles. Bien évidemment, elles peuvent passer toutes les publicités qu'elles veulent, pourvu que…

A ce moment précis, une énorme déflagration retentit qui fit trembler les murs du Palais Présidentiel.

Achille entra :

« Vous feriez peut-être mieux de vous installer dans le salon du Château-Fort », dit-il.

Douzième chapitre

Le président Bimbo avait brièvement pris congé d'André François qui était donc resté seul dans un tout petit salon du Château-Fort en compagnie d'Edward Balatan, le ministre des affaires étrangères.

« Je ne vais pas pouvoir rester longtemps avec vous, dit ce dernier. Je vais faire un saut au ministère pour donner mes instructions quant à la façon d'informer et rassurer les pays amis d'Aplostan, dont le vôtre, ajouta-t-il en souriant.

- Je vous en prie. D'ailleurs j'ai l'intention de me retirer. Il n'y a pas de danger si je regagne le Trianon où le Président Bimbo a fait l'honneur de me recevoir ?

- Aucun. Edward fit un léger signe au-dessus de sa montre-bracelet et peu après Achille entra, s'inclina devant André qui comprit qu'il devait le suivre. Ils traversèrent en silence le jardin qui séparait le Château-Fort du Trianon, éclairé comme à l'ordinaire. Le plus grand calme régnait.

- Si je puis me le permettre, dit Achille, ne soyez pas inquiet. L'incident est clos. Il était d'ailleurs déjà terminé au moment où vous avez entendu une déflagration qui était, à n'en pas douter, l'interception par nos chasseurs de la fusée envoyée par les terroristes.

Au loin, dans le silence, on entendait le bruit caractéristique des rafales qui s'éloignaient. André se souvint que l'année passée, la France avait livré une dizaine de ces avions à l'Aplostan.

Revenu dans sa suite, il mit la télévision et s'évertua à essayer de comprendre les informations en globish que donnait la Télévision Nationale. Elles disaient qu'un fou avait lancé une bombe artisanale sur le Palais Présidentiel mais qu'elle avait été interceptée par la Sécurité Intérieure. André réussit à zapper sur France 5 qui précisait qu'il s'agissait probablement d'un terroriste de l'Alliance Indépendantiste du Sud. France 5 aussi insistait sur le fait que l'incident était clos.

André se coucha et s'endormit du sommeil du juste.

Treizième chapitre

Quand le Président Français retrouva le lendemain le Président Bimbo, celui-ci ne fit aucune allusion à ce qui s'était passé la veille. Un large sourire témoignait de la paix de son âme.

« Bien dormi ! Qu'avez-vous fait ce matin ? Un tour en ville ?

- Non. Seulement une promenade dans vos magnifiques jardins. J'ai admiré ces massifs que l'on croirait sauvages et ces fontaines. A leur rythme méditatif mes pensées se sont aventurées en des terres inconnues.

- Comme l'Aplostan ? dit Bimbo légèrement.

- Comme l'Aplostan ! Tant de choses ici semblent couler de source et sont cependant nouvelles pour moi. Ainsi cette somme qu'après leur service national tout jeune reçoit ici.

- Les 25000 slops qu'ils reçoivent à leur majorité ?

- Oui !

- Voyez-vous, nous nous sommes ici inspirés de vos grands penseurs et de votre grande révolution de 1789. Votre devise Liberté, Egalité et Fraternité, nous l'avons seulement inversée en Fraternité, Egalité, Liberté. Et nous essayons de l'appliquer bien qu'elle soit en contradiction avec l'ordre naturel des choses. En effet, si nous sommes tous frères, n'est-il pas normal que chaque citoyen démarre dans la vie dans des conditions les plus égalitaires possibles ? Sachant qu'il s'agit là d'un idéal impossible à atteindre mais auquel nous voulons tendre.

- Et financièrement, comment avez-vous pu réaliser cela ?

- Difficilement, dit Bimbo, vous avez remarqué que même mon proche entourage a été difficile à convaincre. Nous avons créé un « Fonds d'Intégration à la Citoyenneté » abondé par une grande partie de l'impôt sur les successions. Celui-ci, en effet, nous avons été obligés de l'augmenter. Au-dessus d'une certaine franchise, il est assez confiscatoire, je le reconnais.

- Cela doit avoir fait fuir un grand nombre de grandes fortunes et nui à l'activité économique !!!

- Cela a en effet fait partir un grand nombre de personnes riches. Mais nous avons fait en sorte que l'outil de travail ou les actions de sociétés aplostanaises ne soient pas inclus dans l'assiette de cet impôt. Cela n'a donc nui, ni à nos agriculteurs ni à nos entreprises et cela a même encouragé nos citoyens, pour échapper à ces droits de succession, à investir dans les actions de sociétés aplostanaises, délaissant un peu l'immobilier. Quand je vous ai parlé hier de notre fiscalité, souvenez-vous, je vous ai dit que nos impôts sur les sociétés étaient très faibles, au point que l'Aplostan, et pas seulement ses îles, est qualifié par certains de paradis fiscal. Nos entreprises d'ailleurs, moins que les vôtres, ne sont entre les mains de sociétés qatari, norvégiennes ou de fonds de pension américain. Cela a eu un autre effet positif : le renouvellement de nos élites et par conséquent une créativité plus grande de celles-ci.

- Et vous avez obtenu cela d'une façon démocratique ? André François s'étonna.

- Cela, c'est une autre histoire, dit le président Bimbo.

Quatorzième chapitre

- Dites-moi, Président, on ne voit jamais votre épouse et jamais on ne semble parler de la première dame de votre pays.

- Vous doutez-vous de mon âge ? dit Le Président en riant. J'ai eu un contrat avec une dame et nous avons eu des enfants. Mais il y a de cela bien longtemps.

Elle, je la vois encore quelquefois. Elle est pharmacienne. Nous avons gardé d'assez bons liens d'amitié. Eux, les enfants, j'avoue ne pas savoir ce qu'ils sont devenus. Nous avons fait tout ce qu'il fallait pour eux et ils firent d'excellents Service Nationaux. L'un même en est sorti lieutenant et il doit être colonel maintenant. Et puis, pfuitt !

- Votre système ne vous semble-t-il pas porter l'inconvénient de rompre le lien familial entre parents et enfants ?

- Ouais, peut-être. Mais est-ce différent ailleurs ? Chez vous ? Voyez-vous vos enfants, vos petits-enfants ?

- Non, à vrai-dire, fit rêveusement André François. Mes fils, je les ai revus de temps à autres. Mes petits-enfants, jamais. Si, ajouta-t-il, l'un deux, Christian s'est souvenu de moi quand je suis devenu Président.

Bimbo éclata de rire. « Oui, devenir Président est une des meilleures façons pour que les proches se souviennent de vous, quel que soit le régime, quelles que soient les lois.

Quinzième chapitre

Bien que son séjour au Trianon du Palais Présidentiel à Aplospol fût agréable, André François avait éprouvé le besoin de respirer un peu d'air frais, d'anonymat aussi. Aussi,   flanqué de 88 et 89 qui avaient été mis à sa disposition, il s'était rendu à Dalankhot, cette grande ville portuaire, d'où, tout le laissait penser, était partie un début de rébellion, vite anéantie.

Il avait laissé au garage de l'Aplos Star Hôtel la Chevrolet à conduite autonome que le Président lui avait obligeamment prêtée, et protégé à distance – on ne sait jamais, par ses gardes – André François savourait d'être redevenu un homme presque ordinaire, Aloïs Dupont. Il flânait sur une des très larges avenues piétonnes, caractéristiques de cette ville méridionale où l'on vivait beaucoup dehors. Aux deux côtés de cette avenue il y avait une voie destinée aux livraisons des nombreux commerces qui la bordaient, mais ces voies étaient fermées d'un côté comme de l'autre par de splendides statues en bronze qui l'on pouvait déplacer pour les livraisons de 6 à 8 heures du matin. Un dispositif permettait de les faire pivoter. Ces voies piétonnes, évidemment revêtues de panneaux photovoltaïques, étaient par ailleurs séparées par ailleurs de la chaussée centrale par des murets en marbres, interrompus tous les 25 mètres pour qu'un être humain puisse passer.

Quant au large terre-plein central réservé aux seuls piétons, il était tellement surélevé par rapport à la chaussée, qu'aucun véhicule n'aurait pu y monter.

André François, se souvenant des attentats à Berlin, Nice et Barcelone apprécia. Il aurait voulu poser quelques questions à ses acolytes mais leurs visages fermés l'en dissuada. Il s'assit à une terrasse, commanda une bière, et regarda passer le flot joyeux et pacifique d'une population bigarrée.

A peine installé, il fut abordé par un asiatique : « You French ? »

- Comment avez-vous deviné que j'étais français, demanda Aloïs dans cet étrange anglais que l'on enseigne dans son pays. Oui, je suis français .....

- Votre gestuelle, dit le chinois en riant.

- Mais je ne fais pas de gestes, pratiquement.

- Justement. Et votre façon de porter une cravate.

- Ah ?

- J'ai vu à la télévision le président de la France. Il la portait un peu comme vous. De travers. Mais, ajouta le chinois, ne seriez-vous pas le Président Français ? En vacances ici ?

- oui, en vacances.

88 et 89, assis discrètement à la table voisine approchèrent un peu leurs chaises pour mieux entendre, prêts à intervenir.

- Simple ressemblance, poursuivit Aloïs Dupont, en riant. Et vous, que faites-vous dans ce pays ? En voyage d'affaires ? Touriste ?

- Non, j'ai un petit restaurant sur l'avenue, un peu plus loin. Vous pourrez y dîner ce soir, si vous voulez, ajouta-t-il.

Alors, vous connaissez bien ce pays, dit Aloïs. Il n'y a pas eu des troubles il y a peu de temps, une révolte ?

A la table voisine 88 et 89 se firent plus attentifs et rapprochèrent encore un peu plus leurs chaises.

- Oh ! les indépendantistes pour se manifester ont lancé une petite bombe sur Aplostan mais tout est vite rentré dans l'ordre. Voyez-vous, la population indigène dans le sud est d'une ethnie différente de celle d'Aplostan, mais elle est maintenant très minoritaire. Les différents gouvernements aplostanais ont fait en sorte que des gens d'ici soient mutés au Nord et que des gens du Nord soient affectés ici, surtout dans l'Administration. De plus le Président Bimbo a encouragé les immigrants des pays voisins à s'installer ici plutôt qu'à Aplospol ou dans une autre région du Nord. C'est pourquoi je suis ici, conclut le chinois en riant.

- Une subvention ?

- Non, malheureusement ; il n'y a jamais de subvention dans ce pays. Mais pas d'impôt sur les bénéfices pendant cinq ans.

- Et vos affaires marchent bien ?

- ça va….vous verrez, mon restaurant s'appelle « Au gourmet de Chine », il est tout près. Le chinois lui montra dans quelle direction.

Aloïs se leva.

- A ce soir peut-être. Heureux d'avoir fait votre connaissance.

88 et 89 réglèrent les consommations et lui emboitèrent le pas.

Seizième Chapitre

L'air était doux en cette fin d'été et Aloïs savoura de pouvoir flâner comme un homme ordinaire sur cette promenade, semblable à une rambla catalane. Il soupira en pensant que dans quelques jours il lui faudrait rentrer à Paris et jouer à nouveau le rôle d'un Président de la République. Certes 88 et 89 ne le quittaient pas d'un pas, mais, à quelque distance et ne se manifestaient pas. Ce n'était pas des êtres humains après tout et en cela, c'était rassurant, en somme. Il s'arrêta devant une librairie et fut surpris de voir qu'un grand nombre de livres présentés avaient été écrits en aplosding, langue dont il avait cru comprendre qu'elle était interdite. Mais, connaissant mieux le Président Bimbo, Aloïs pensa que cela devait être plus subtil que cela. D'autres livres étaient en anglais, en chinois, en russe et même en français. Des magasins d'électro-ménager, d'informatique, des boucheries et des épiceries prospères laissaient à penser que contrairement à ce qui s'était passé en France, les Grandes Surfaces des périphéries n'avaient pas détruits les centres villes. Et pourtant l'Aplostan était, à n'en pas douter, un pays moderne.

L'air devenant plus frais, il revint sur ses pas et entra, suivi de ses acolytes, au « Gourmet de Chine » qu'il avait dépassé. Il était le premier client. Il fut accueilli, tout sourire, par le Chinois dont il avait fait la connaissance dans l'après-midi.

Il lui proposa une table pour trois personnes, mais 88 et 89 s'assirent sur une banquette près de l'entrée, un peu plus loin. Ils firent signe au chinois qu'ils ne dîneraient pas. Aloïs s'assit donc seul à une table et consulta la carte qu'une jeune Chinoise venait de lui apporter.

Le patron vint pour prendre la commande.

« 23, 56 et 65 » dit Aloïs qui aimait les rouleaux de printemps et la cuisine vapeur. Ce qu'il y a de bien avec les chinois, c'est qu'où que vous alliez ils vous servent partout la même cuisine avec les mêmes ingrédients. Insensibles aux influences des autres cultures. La Chine était vraiment un grand pays ! se dit-il.

Dix-septième chapitre

Le lendemain, rentré au Palais Présidentiel, André François fit une grasse matinée. Il se remémora son court séjour à Dalankhot et le trajet effectué à toute vitesse par la Chevrolet, conduite par 88 ou 89 à moins qu'ils ne l'aient mise en conduite automatique. Quittant la grande ville du Sud, traversant plusieurs autres villes et arrivant à Aplospol, il avait pu voir que dans ce pays il y avait des villes, des champs, des prés, des forêts, des vignes sur les coteaux des montagnes mais sans transition. Pas de ces zones incertaines comme en France. Dès qu'on sortait d'une ville, on était dans la campagne. Non de grandes exploitations mais des fermes nombreuses. Pas de ces transitions banlieusardes enlaidies de panneaux publicitaires et de grandes surfaces, pas de maisons comme égarées le long des routes, rien de ce que l'on appelle en France le « mitage » des campagnes. En revanche, pas de très grandes exploitations non plus. Des champs, des prés, des maraîchages de petites tailles se succédaient. Et à l'abord d'une nouvelle ville, des terrains de sport et tout de suite après des immeubles de grande hauteur. On sentait que le sol avait une valeur, qu'il était géré, probablement par une administration. Faudra qu'il en parle au président Bimbo.

Après sa toilette, André appela son secrétaire particulier à l'Elysée pour s'enquérir des dernières nouvelles de France. Rien de particulier. Les décrets en projets qui limitaient les droits des travailleurs allaient passer à la Chambre de Députés. En douceur, en cette période d'été où tout le monde était encore sur les plages. Les grands syndicalistes avaient été informés de ce qui les attendait s'ils ne marchaient pas droit, notamment des prébendes qu'ils touchaient qui seraient révélées au « Canard Enchaîné ». Dans une semaine, à la rentrée, après que le premier ministre eut joué de rôle de méchant, ils les recevraient et leur ferait les quelques concessions qui leur permettraient de crier victoire, concessions sur des points peu importants auxquels il s'était préparé. Se devinant sur écoute, il dit à son secrétaire particulier tout le bien qu'il pensait du Président Bimbo et de son pays.

Il avait à peine reposé son téléphone qu'Achille l'appela pour lui dire qu'il arrivait. Peu après, il entra dans le salon de sa suite :

- Le président pourrait-il s'entretenir brièvement avec vous ? lui demanda-t-il

Dix-huitième chapitre

C'est en haut de la tour du Nord-Est du château-fort que le président Bimbo s'était installé comme il le faisait souvent en dehors de ses heures de travail. Celles-ci étaient d'ailleurs peu nombreuses parce qu'il se contentait de s'informer – le plus difficile pour un homme d'état – puis de décider les grandes lignes de ses projets et de les soumettre au vote du parlement par l'intermédiaire du premier ministre. Le gouvernement les finalisait et les faisait mettre en œuvre par l'Administration. Les lois étaient rédigées avec soin de telle façon qu'aucun décret d'application n'était nécessaire. Jamais le Président n'intervenait dans le travail parlementaire.

Comme à chaque fois qu'il voulait se détendre et prendre de la distance par rapport au monde et au temps présent, Bimbo n'était vêtu que d'une tunique blanche comme ses ancêtres. C'est ainsi qu'il reçut le président français.

Il l'accueillit d'un vague sourire amical et lui fit signe de s'asseoir à côté de lui sur un divan d'où, malgré l'étroitesse de la fenêtre on pouvait admirer un paysage qui, en plans successifs, se détaillait en prairies verdoyantes. Au loin, à la naissance de montagnes assez hautes et boisées, l'on devinait plus qu'on ne les voyait des vignes et des vergers.

« C'est beau, n'est-ce pas ! dit-il après un long silence.

- Oui, très, répondit André sobrement, conquis par la majesté et la simplicité des lieux, la somptuosité des paysages.

- Et c'est pour un tel pays que nous acceptons de perdre un peu de notre âme.

- C'est vrai. »

Rompant un silence chargé d'émotions inexprimées. Bimbo se tourna vers André et lui dit :

« Je sais que vous allez nous quitter bientôt pour votre lointaine Europe et moi-même je serai très pris par mon travail. Aussi, je souhaiterais, maintenant que vous avez un peu parcouru notre pays, rencontré quelques personnes, que vous me posiez quelques dernières questions. Ensuite, demain ou après-demain, je vous propose que nous ayons une autre petite rencontre telle que celle d'aujourd'hui : vous me parlerez de votre pays et peut-être à votre tour accepterez-vous de satisfaire ma curiosité. , Avec un léger sourire, Bimbo ajouta : vous me parlerez de Paris, du Quartier Latin. Cela me rappellera ma jeunesse. La Fontaine Saint Michel où l'on se donnait rendez-vous, l'église Saint-Julien le Pauvre où j'aimais à méditer, la Bibliothèque Sainte Geneviève où, ma chambre étant trop petite, j'aimais me réfugier et lire...

- Eh bien ! dit André François, je commence ?

« Sa voix était devenue presque juvénile, vraie, comme elle ne l'avait pas été depuis longtemps.

« Puisque j'ai l'honneur d'être à vos côtés, quelle est votre conception du Pouvoir, qu'elle étendue voulez-vous lui donner et comment l'organisez-vous ? Ensuite je vous demanderai comment vous avez réussi à éviter le mitage des campagnes, l'invasion des abords des villes par les Grandes Surfaces et par voie de consé-quence sauvegardé les centres villes. »

Dix-neuvième Chapitre

« Pour commencer, comment s'organise la tête de l'état ? dit André.

- A la tête de l'état, il y a Bibi, je plaisante, dit en riant le président, à la tête, il y a à un Président qui pour le moment est moi, élu au suffrage direct uninominal à deux tours pour dix ans mais révocable à tout moment par une majorité des deux tiers du Parlement et du Sénat. En cas de vacance, remplacé par le Président du Sénat, chargé d'organiser de nouvelles élections dans les six mois.

J'ai constitué autour de moi un gouvernement comprenant un premier ministre ce qui n'est pas nécessairement la règle, mais je suis un peu paresseux, ajouta le Président qui était d'humeur folâtre. Celui-ci est aussi, le Ministre de l'Economie, des Finances et du Budget. Sous ses ordres donc, des secrétaires d'état assument ces fonctions.

Le second dans la hiérarchie est le ministre des Affaires Intérieures qui coiffe un Secrétaire d'Etat à la Justice et un Secrétaire d'état à la Police.

Le troisième est le Ministre du Plan, qui coiffe des secrétaires d'état à l'Industrie, l'Agriculture et l'élevage, la Pêche, le quatrième est le Ministre des Affaires étrangères le cinquième, celui des Armées le sixième celui de l'Instruction Publique et du Patrimoine, qui coiffe un Secrétaire d'Etat à l'Instruction

Publique, un Secrétaire à l'Ecologie et un Secrétaire d'Etat au Patrimoine Immobilier et Artistique.

Comme je vous l'ai déjà dit, nous n'avons pas de ministre de la culture, ayant observé que son existence consistait toujours à subventionner ceux des artistes déjà bien en cour et fortunés et à faire naître un art officiel.

Nous n'avons pas non plus de Ministre des Sports, et ne donnons aucune subvention aux activités sportives qui comme celles du spectacle relèvent du domaine privé. Bien évidemment, nous ne subventionnons pas de ces magnifiques stades ou piscines olympiques que certains de nos concitoyens vous envient. Nous préférons veiller à ce que dans le cadre de l'Instruction Publique, nos élèves disposent de salles de gymnastiques, de piscines, de stades plus modestes certes mais nombreux et ouverts à tous.

- Donc, sept ministres seulement ! fit étonné André Dupont.

- Oui, sept. Surtout pas un de plus. Je me souviens, commenta le président Bimbo, avoir lu sous la plume d'un certain Mucchielli un texte sur les techniques de réunion. Il établissait qu'au-delà de sept personnes, il n'est plus possible de travailler en groupe d'une façon participative, laissant chacun s'exprimer à sa guise. Au-delà de ce chiffre, pour ne pas avoir de sous-groupes, on en vient à la réunion « tour de table » ou pire à une sorte d'office religieux chargé d'entériner ce qui aura été décidé par ailleurs.

- C'est vrai, fit André. Ce qui ressemble à une messe où l'on vient réciter sa leçon et écouter la parole du Grand-Chef. Que de temps perdu !

- Chaque ministère, poursuivit Bimbo, est organisé de la même façon et les ministres organisent des réunions entre leurs différents secrétariats d'état dont les synthèses sont exposées par eux au Conseil des Ministres.

- Pas trop rébarbatif tout ça ? ajouta Bimbo. Il fit un signe léger sur sa montre et Achille entra, poussant un chariot de boissons rafraîchissantes.

- Je suis tout de même étonné que la Justice et la Police soient chapeautées par le même ministre.

- Pourtant, rien de plus normal, répondit le président Bimbo. La Justice dit le droit, la Police s'assure qu'il est bien appliqué et remet à la Justice ceux qui l'ont enfreint. Je vous dirai ensuite, poursuivit-il, comment nous avons sauvegardé nos campagnes et nos villes et évité ces affreuses banlieues qui enlaidissent ailleurs tant de villes. Mais prenons quelque repos et voyons ce qui se passe dans le monde.

- Mais...

Vous allez me parler de l'indépendance de la Justice. Or, la Justice doit être rendue au nom du peuple aplostanais et selon les lois votées par le Parlement. Une Justice indépendante ? Mais cela deviendrait une corporation, un groupe de pression, à la tête duquel se trouveraient des gens non élus. Je considère cela comme antidémocratique

- Ouais, l'interrompit André François.

Le Président Bimbo poursuivit : Les Procureurs sont la voix du peuple, comme chez vous d'ailleurs. Quant aux juges, il serait bon qu'ils ne fussent l'objet d'aucune pression mais il ne leur appartient pas de s'écarter de notre Droit et doivent prononcer les peines prévues par le Législateur, c'est-à-dire le Parlement, émanation du peuple. Il arrive trop souvent qu'ils cons-tituent une sorte de corporation, poursuivant une ligne politique qui n'est pas celle que le peuple a choisie. Je ne trouve donc pas choquant qu'un même ministre chapeaute la Justice qui dit le Droit et la police qui veille à ce qu'il soit appliqué.

Vingtième chapitre

Le Président Bimbo fit un petit signe. Un des murs du salon se transforma en écran et l'on put y voir des manifestants avec des bonnets rouges défiler dans une ville, des camions barrer des routes, des heurts avec des policiers.

- Mais c'est à Rennes ! s'écria André qui se précipita sur son téléphone pour appeler Paris.

- Ce sont les autonomistes bretons qui veulent l'Indépendance de la Bretagne maintenant !

- C'était à prévoir, dit froidement le Président Bimbo. Après les écossais sortis de la Grande Bretagne qui veulent eux rester ou rejoindre l'Europe, les Catalans qui ont décidé de quitter l'Espagne et les Basques qui...

- Comment ! dit en s'étranglant André François.

- Cela fait des dizaines d'années que vous faites rêver vos populations à une Europe idéale que cela ne peut que nuire au sens national des différents pays qui la composent.

- Nous ne voulions plus de guerre entre nos pays, rétorqua André.

- Et vous allez peut-être avoir des guerres civiles, dit le Président Bimbo en riant. Il est normal, quand le chef ne se conduit plus en chef, abandonne ne serait-ce qu'une partie de ses pouvoirs à un chef plus grand et prestigieux que lui et que les sujets se tournent vers ce dernier.

- Mais nous sommes en démocratie ! s'exclama André.

- Mais oui, mais oui, dit Bimbo de la voix que l'on prend pour calmer un enfant. Puis il poursuivit : d'ailleurs, vous auriez dû le remarquer, il y a des années que les régionalistes dans vos pays étaient déjà les plus fervents partisans de cette Europe que vous avez voulu construire.

- Et que nous construirons ! affirma André avec force.

- Et voici que vous-même vous vous investissez plus dans l'Idée européenne que dans la France.

- Je ne vous permets pas ! dit presque en hurlant le Président François.

- Ici, chez moi, vous ne me permettez pas de m'exprimer, Monsieur Aloïs Dupont ? Vous dont les papiers sont faux, chez moi, le Président de ce pays.

Le Président Bimbo éclata de rire et reprit d'un ton posé :

- Regardons plutôt la télé. Voyons ce que votre police va faire contre ces émeutiers.

- Ce ne sont que des manifestants.

- Que vous autorisez à faire des barricades.

- Il ne faut pas dramatiser !

- Vous avez raison, ajouta le Président Bimbo, tenez, prenez un verre de jus d'orange. Dommage cependant que possédant une langue aussi riche que la vôtre, vous détestiez tant, vous les français, appeler les choses par leur nom. Vous semblez confondre grèves et manifestations, celles-ci avec révoltes et émeutes. Les gens que vous arrêtez ne sont plus inculpés mais seulement mis en examen et les femmes ne se font plus avorter mais recourent à une interruption de grossesse !

-Je ne vous permets pas !

Le Président éclata à nouveau de rire mais dans ses yeux, André François vit une lueur qui l'incita à se taire.

Vingt et unième chapitre

Comme à l'ordinaire, le gouvernement français avait cédé sur ce qu'il pensait ne pas être important. Dans chaque commune de Bretagne, le breton deviendrait, au côté du français, langue officielle et les municipalités qui le décideraient feraient en sorte que le breton soit enseigné dans toutes les écoles : la faculté de Rennes deviendrait bretonnante ! Quand André François fut informé au téléphone par son premier ministre de ces dispositions, il insista pour que ces accords ne fussent pas ratifiés immédiatement, que l'on attendît son retour.

Revenu dans le salon qu'il avait précipitamment quitté, il fit part de son angoisse au Président Bimbo.

- Vous n'y êtes pour rien. Le travail de détricotage de votre nation a commencé avant vous. Ceux qui vous précédèrent ne se sont pas contentés d'établir de solides accords bilatéraux avec les autres pays d'Europe, mais sont allés jusqu'à abandonner à une Union une grande partie de l'autonomie de leur pays, jusqu'à abandonner votre monnaie.

- Nous voulions la paix avec nos ennemis d'hier...

- Et vous risquez, votre Union s'étant trop étendue vers l'Est, privant la Russie d'un accès à ce qu'elle appelle les mers chaude et froide, d'entrer en conflit avec elle, le jour où celle-ci sera gouvernée par un homme moins sage et plus irritable que celui qui la conduit aujourd'hui. Voyez- vous, chez nous aussi les deux grandes puissances de notre région ont lorgné sur notre petit pays. L'un et l'autre ont essayé de nous faire entrer dans un ensemble qu'ils domineraient volontiers. Comme les japonais, les vietnamiens, les coréens du Sud et du Nord et quelques autres pays, nous avons résisté, rusé et faisons tout aujourd'hui pour garder notre indépendance. Notre monnaie, nos prix, les salaires de nos concitoyens s'adaptent aux mouvements des marchés mondiaux. Dans le cadre d'accords bilatéraux, nous avons cependant été amenés à accepter de faire partie d'une zone de Libre Echange. Parallèlement, nous avons maintenu une armée suffisamment forte pour rendre notre invasion peu facile et peu rentable. Celles de nos minorités qui seraient tentées par l'air du large, nous les en avons dissuadé ; avec vigueur je le reconnais.

- Et pourtant, cher Président concéda André, vous me semblez un homme sage et épris de paix. Si la France était encore la France de jadis, ni les bretons, ni les basques, ni les catalans ne songeraient à la quitter….

- Allons, venez faire quelques pas dans mes jardins. Les arbres vous diront silencieusement comment, soumis à l'ordre des choses, ils se mènent sans relâche un combat silencieux pour l'air, la terre et l'eau ! Je continuerai de répondre à vos questions sur l'organisation du Pouvoir en Aplostan et comment nous espérons avoir réussi à assurer à peu-près la cohésion de notre nation.

- Ne vous ai-je pas dit, poursuivit le Président Bimbo, que devenir Président d'un Etat, quelle qu'en soit la taille, impliquait de sacrifier son âme. Voyez dans l'Histoire, les empereurs Hadrien et Marc Aurèle, stoïciens, sages, pacifiques, aimant tous les hommes de la planète, contraints de combattre toutes leurs vies pour sauver ce qui pouvait l'être d'un empire chancelant qui parallèlement se défaisait de l'intérieur. Je n'ose dire comme la France...

- Oh dites, dit André, parfois j'ai le même sentiment ; Je le chasse d'un revers de la main et en reviens aux activités du jour qui me distraient de pensées aussi profondes.

-Voyez-vous, remarqua Bimbo tandis qu'ils marchaient dans les allées du jardin, ce jardin a été dessiné par kartiman, un de nos plus grands paysagistes. Il n'y a pas ici de massifs uniquement constitués de roses ici, de tulipes là-bas, de jasmins ou de simples marguerites. Il n'y a pas ici de bosquets d'ormes, là-bas d'oliviers ou de figuiers. Nous avons fait que partout, il y ait de tout cela, en compétition certes, mais silencieuse et harmonieuse. Ainsi avons-nous voulu que soit notre pays.

Vous savez mon admiration pour le passé de votre pays, poursuivit-il. Surtout pour Louis XI qui le premier peut-être essaya d'en faire un jardin, mais aussi pour l'abbé Sieyès qui conçut vos départements dont aucun ne pouvait se réclamer d'une seule de vos provinces antagonistes. Prenez la « Nièvre », faite comme un bouquet d'un peu de Morvan, de Bourgogne et de je ne sais plus quoi. Ainsi avons-nous dessiné les vingt-cinq régions qui composent notre pays. Rien à voir avec vos régions. Quelle erreur de les avoir créées ! Jadis nous avions cinquante baronnies, de taille équivalente à vos départements et cinq Comtés – notre pays est moins peuplé que le vôtre – qui ressemblaient à vos régions, avaient leurs particularités, leurs particularismes au point qu'ils s'affrontaient et mettaient en péril notre Etat. Quand les prix des minerais que nous produisons s'effondrèrent et que notre balance des comptes allait devenir déficitaire, nous en avons profité pour supprimer les comtés, l'équivalent de vos régions, et demandé aux baronnies de se regrouper deux par deux, démocratiquement. C'est ainsi que nous n'avons plus maintenant que vingt-cinq entités territoriales que nous appelons « lands », « Régions » et à la tête desquelles, imitant votre empereur Napoléon Bonaparte, nous avons mis des préfets, des hauts fonctionnaires rapportant au Ministre de l'Intérieur.

- Et vous avez pu faire cela sans qu'il y ait de révoltes des comtes et barons.

- Nous avons un peu rusé, dit Bimbo en souriant. Ceux qui portaient le titre de comte ou de baron pouvaient le conserver à vie ainsi que leurs descendants à la condition que ceux-ci devinssent des Militaires pourvus de grades élevés ou bien des hautfonctionnaires de notre Administration. Quelques prébendes rendirent les choses plus faciles. Mais quelle économie ! D'autant qu'ipso facto nous réduisîmes le nombre de députés de moitié, de façon à n'en avoir que trois par régions, donc 75 au total, contre cent cinquante précédemment. L'administration régionale fut réduite dans les mêmes proportions.

- Ah ! Comment pourrions-nous, en France, en faire autant ! Dans notre pays où l'on ne connaît pas la négociation mais seulement l'affrontement ?

Le Président Bimbo éclata de rire. « Tout commence à l'école ! Mon prédécesseur n'y était pas parvenu mais avait introduit au Lycée des cours de Rhétorique et c'est moi qui ai pu en bénéficier. Plus importante que la logique, croyez-moi !

La promenade se poursuivit dans la partie la plus arborée du jardin qui rappelait ce que devait avoir été dans sa diversité la forêt primitive.

Vingt deuxième chapitre

« J'ai réfléchi à votre démarche, dit Bimbo à André François. Je vous admire d'avoir pris du recul et d'avoir décidé de venir ici « incognito ». Je vous propose que demain nous nous fassions conduire par Achille en ville et que tous deux, en simples « anonymes » pour reprendre l'expression française, nous fassions une promenade en ville, prenions les transports en commun, allions au café, au restaurant, bavardions avec les gens, passions peut-être la nuit à l'hôtel. Evidemment, je me vêtirai comme « Monsieur Tout le Monde »….. Qu'en pensez-vous ?

- Mais votre absence, même d'une ou deux journées ne serait-elle pas remarquée et diversement commentée ?

- Pas du tout, je me ferai remplacer, répondit sobrement Bimbo qui n'avait pas une confiance suffisante en André François pour lui confier qu'il existait un robot humanoïde 99, copie conforme du Président en mesure de le remplacer lors de certaines manifestations publiques. C'est lui qui demain recevrait une délégation coréenne de Jeunes Patrons. Son logiciel était chargé de la plupart de ce qu'un chef d'état est fondé à dire en public et surtout savait parfaitement écouter, chose que tout le monde apprécie, enregistrer, et filmer le cas échéant, et en cela des robots pouvaient être supérieurs à des êtres humains.

Ils poursuivirent leur promenade, s'écartant parfois des sujets graves pour aborder ceux plus légers
peut-être de la vie. Mis en confiance, François
demanda :

« Plus je vous connais, plus je suis sensible à
votre humanisme et même le caractère un peu autoritaire de votre façon de gouverner me semble dicté par
le désir de faire pour le mieux. Aussi, je voudrais me
permettre de vous poser quelques questions sur ces sujets qui me tracassent. Tenez, comme la peine de mort.

- Je l'ai senti, répondit gravement Bimbo. Je
vais donc vous expliquer. Tout d'abord il faut que vous
sachiez que notre Droit est très différent du vôtre.
Longtemps nous avons été occupés par les anglais et il
nous est resté que chez nous l'Instruction Judiciaire ne
fonctionne pas du tout comme dans votre pays encore
marqué par le catholicisme. Les témoignages et les
aveux comme la « ferme conviction » du Juge qui instruit – chez nous uniquement à charge – ne sont que
des pistes qui peuvent mener à la vérité qui elle, ne
peut être établie que par des preuves. Il n'est d'autre
part fait aucune pression sur un suspect pour qu'il
avoue et pour éviter cela dans le cas où la prudence
seule nous a conduits à le priver de liberté, son avocat
est immédiatement informé du dossier et peut assister
son client. En matière pénale, les frais de justice sont
pris en charge par l'Etat. Ainsi nous évitons la torture
sous toutes ses formes et réduisons presque à néant le

risque d'erreur judiciaire. Il en va un peu différemment en matière civile.

- Quel rapport avec la peine de mort ? s'impatienta André François

- Ne croyez-pas que ce soit pour dédouaner et fuir mes responsabilités, commença le Président Bimbo, mais sachez que le rétablissement de la Peine de Mort a été proposé ici au Parlement par le Parti National Aplostan , adopté par le Parlement et le Sénat. Je n'aurais donc pu m'y opposer. Notre régime est peut-être autoritaire mais mon autorité se borne à faire appliquer les lois du Parlement et je n'en suis pas toujours ni même souvent l'initiateur. Je porte une tunique blanche, vous l'avez remarqué. Mes conseillers et moi fixons les grandes orientations mais le Parlement doit les ratifier. Aussi, les parlementaires portent-ils des tuniques rouges, signe du pouvoir exécutif. J'aurais pu, selon notre constitution opposer mon véto, ce que je n'ai pas fait en raison de mon respect de l'opinion populaire et parce que, tout bien considéré, la peine de mort ne peut s'appliquer chez nous qu'à des gens dont il est certain qu'ils se sont rendus coupables de meurtres. C'est pourquoi je dois vous expliquer encore, même si cela peut vous paraître fastidieux, comme fonctionne notre système judiciaire.

Donc, chez nous, reprit le Président Bimbo, une personne suspectée, si elle est considérée comme potentiellement dangereuse pour la société, peut être arrêtée et placée dans un « Hôtel de Détention » pour une période limitée à quatre mois pendant laquelle Le Juge d'Instruction essaiera d'apporter les preuves de sa culpabilité. S'il s'agit d'un délit mineur, il n'y a même pas incarcération. Au bout de ces quatre mois, le prévenu est libéré si aucune preuve n'a été retenue contre lui, le Tribunal des Inculpation prononcera sa relaxe assortie éventuellement de mesures de surveillance si persistent des soupçons à son encontre. Nous évitons ainsi le maintien dans ce que vous appelez la « Préventive » d'un trop grand nombre de personnes innocentes et évitons qu'elles soient contaminées par les vrais délinquants. Si la preuve de la culpabilité est apportée, le Tribunal des Inculpations l'enverra dans une véritable prison dans l'attente d' un deuxième jugement, rendu par un Tribunal des Condamnations, chargé d'examiner les circonstances du délit, atténuantes ou aggravantes. Il prononcera une peine, qui, dans le cas de meurtre pourra être la peine de mort. Nous sommes ainsi certains ou presque d'éviter toute erreur judiciaire.

Une dernière disposition, dans le cas où la peine de mort est prononcée par un tribunal composé de juges et de citoyens tirés au sort, le peloton d'exécution – la peine de mort chez nous conduit à tirer une balle dans la tête du condamné – est constitué de la totalité des membres du jury présidé par le juge qui aura décidé de cette peine dont nous n'ignorons pas la gravité. Croyez-moi, cette dernière disposition diminue considérablement le nombre d'exécutions, peu de gens ayant le courage d'aller au bout de leurs opinions. J'ajoute que je suis fier d'être à l'origine de cette dernière disposition dont mon entourage disait qu'elle était farfelue et dont se sont abondamment gaussés les journaux satiriques.

- Vous avez des journaux satiriques ? dit, étonné André François.

- Bien sûr, pourquoi ? »

Un peu gêné, André François dit :

« Il m'avait semblé, peut-être à tort, que vous teniez à avoir la maîtrise de l'information...

-Vous avez tort en effet, répondit le Président Bimbo. Nous la voulons en effet libre de toute influence, aussi bien des puissances d'argent que de lobbies étrangers. Ainsi, dans votre pays, le seul journal que nous considérons comme libre est le « Canard Enchaîné » qui n'accepte aucune publicité.

- Pourtant dans l'avion, il nous a été distribué votre Aplostan Times dont plusieurs pages semblaient avoir été censurées....

- Justement, parce que notre Service de la Liberté de l'Information avait constaté que quelques articles avaient été payés par des entreprises. Voyez-vous, la Liberté est un combat, sinon il ne s'agit pas de Liberté mais de la jungle.

Vingt troisième chapitre

Après un silence, André François reprit la parole :

- Parlant de l'information, nous ne sommes pas très loin d'un autre sujet, l'Education Nationale, que vous appelez ici l'Instruction Publique.

- Bien sûr, parce que chez nous, ce n'est pas l'Etat qui éduque les enfants, mais les familles. L'Etat se contente de les instruire et les prépare à devenir des citoyens.

- Et comment est organisé votre système éducatif ?

- L'Instruction Publique ?

- Oui, fit un André François, un peu agacé.

- Je vais y venir. C'est un important sujet. Le plus important de tous. Aussi, je vous propose que nous nous asseyions sur ce banc et que je vous montre sur mon smartphone comment tout cela s'ordonne.

« Regardez, dit le Président en tendant son smartphone à André François. On pouvait voir écrit en gros caractères au fronton d'un imposant bâtiment, « Buban skoli » et « Boy School » gravés et en dessous, gravés aussi, mais en plus petit les mots suivants : « Be what you are » et « Baï to esti ».

Perplexe François rendit au président son smartphone et dit :

- Je croyais que l'aplostanais était interdit ?

- Oui, dans la vie courante, mais on l'enseigne à l'école comme on enseigne le latin ou le grec.

Quant à la devise de notre Instruction Publique, « Be what you are », nous l'avons prise au grand philosophe allemand Nietsche, « Werde was du bist ». Tout notre effort dans cette institution est de tirer de chaque enfant qui nous est confié le meilleur de lui-même et l'aider à réaliser ce qu'il porte en lui de bien, de le conduire à une profession qui lui corresponde et soit utile à la Nation. Chez nous, pas de compétition sinon avec soi-même.

Aussi les petites classes sont-elles pour nous essentielles. Nous cueillons les enfants délicatement à l'âge de 4 ans pour les filles, 5 ans pour les garçons, et les confions à des Instituteurs que nous appelons ici des « éveilleurs ». Ceux-ci sont un peu formés comme vos instituteurs ou comme vous dites maintenant étrangement vos professeurs des écoles, mais à la formation que vous leur donnez, nous ajoutons une solide formation en psychologie. Ils sont d'ailleurs aussi bien payés que les professeurs des lycées auxquels les enfants sont confiés à l'âge de 10 ans.

- Pourquoi une année plus tard pour les garçons ?

- Parce que nous avons remarqué que l'intelligence des garçons s'éveillait plus tard que celle des filles.

- Et pourtant à 10 ans, les deux vont au lycée en même temps ?

- Oui, parce que les garçons rattrapent leur retard assez vite, pour autant que les uns et les autres soient placés dans des classes séparées pour certaines matières comme les mathématiques, l'aplosding et le latin….

- Mais cela doit être affreusement coûteux…

- L'instruction que nous donnons à nos enfants n'est pas une dépense mais un investissement. Plus coûteux encore que vous n'imaginez quand vous saurez que nos petites classes sont constituées de douze élèves seulement. Ensuite, au fur et à mesure que les « wakers », les « wakmena », les éveilleurs auront pu détecter les talents des enfants elles passeront progressivement à 24 élèves, les plus doués devant alors aider les plus faibles.

- Je ne sais pas si nous pourrions faire cela en France, dit rêveusement André François. Le Budget de l'Education Nationale est déjà très élevé….

- Et vos résultats ne cessent de se dégrader, dit Bimbo en riant. Nous avons connu cela. Mais ensuite au Lycée, arrivent des élèves qui maîtrisent les fondamentaux et sont disciplinés grâce à l'éducation donnée par leurs parents et l'Instruction primaire offerte par la Nation. De ce fait, nous pouvons confier aux professeurs du secondaire des classes de 40 élèves et, je dois bien le dire, nos professeurs, moins stressés que les vôtres et mieux payés sont en mesure de travailler autant que les autres cadres de notre pays. Soit Actuellement 40 heures par semaine.

- Actuellement ?

- Le nombre d'heures de travail a été retenu chez nous comme un des variables d'ajustement de notre économie, plutôt qu'une diminution du salaire toujours mal ressentie ou le chômage comme dans vos pays qui ont renoncé à leur indépendance en ces domaines.

- Et qu'enseigne-t-on dans vos écoles qui les différencient des nôtres, parce que je suppose que là encore, vous agissez d'une façon originale ? dit André François, qui n'avait pas voulu relever ce qu'il y avait d'impertinent mais de vrai dans les propos du président aplostanais sur l'indépendance de la France quant à sa monnaie. A ce moment, il porta brusquement sa main droite sur son bras gauche et étouffa un petit cri.

- Ne vous inquiétez pas ! dit le Président Bimbo qui immédiatement appuya sur sa montre. Peu après Achille vint vers eux !

- Les ambulanciers sont arrivés, dit-il sobrement.

Il était temps. Achille lui ouvrit sa chemise pour lui donner les premiers soins.

Vingt quatrième chapitre

Le Président Bimbo s'était pris d'une sorte d'affection pour André. Aussi, se rendit-il à son chevet à l'Hôpital d'Aplospol où ce dernier se rétablissait rapidement d'un petit AVC. Bien que de nombreux services en Aplostan fussent assurés par des robots et que ces derniers eussent été capables d'être aide soignants, ces derniers étaient des êtres humains. Seules les plus basses besognes étaient accomplies par des robots de catégorie 2, 3 et 4. Tout au moins dans le Service Public. Il en était autrement dans les Cliniques Privées où le personnel n'était humain, et encore en raison d'un décret présidentiel, qu'à partir du rang d'infirmier. Sinon ces « machines à faire de l'argent » que sont le cliniques privées auraient tout robotisé. Les aides-soignantes y étaient des 4 et les infirmières des 6.

Devant la chambre deux robots humanoïdes de catégorie 3 gardaient discrètement la porte. Bimbo la franchit et salua André, assis dans un fauteuil en train de regarder la télévision aplostane. On y donnait un vieux « Columbo » en version originale, sous-titrée en globish , cette langue étant très proche de l'anglais..

« Comment allez-vous, mon ami ?

- Bien ! J'espère que rien n'a filtré de mon petit accident vasculaire ?

- Mais non, Les ambulanciers étaient des robots et le personnel ici ne sait de vous que ce que nous lui avons dit, que vous étiez un mon hôte, un chercheur français en voyage dans notre pays pour y étudier les mœurs des papillons.

- En voilà une idée !

- Il me fallait trouver quelque chose et je venais de lire une poésie sur ce sujet de votre poète Robert Notenboom…

- Je ne le connais pas…

- Je sais, la France n'aime pas trop la poésie. Ici, elle a droit de cité comme dans beaucoup de pays d'Orient. »

Après une petite pause, le président Bimbo ajouta : « En tous les cas, rien de grave en ce qui vous concerne. Vous sortirez demain et nous ferons cette petite virée que nous avions prévue.

- Et si vous me parliez de l'organisation de la Santé dans votre pays, demanda André.

- Oh ! rien de très original chez nous, sinon que la médecine est entièrement gratuite pour ceux qui n'insistent pas pour se faire soigner dans des cliniques privées ou par des médecins non conventionnés. Notre système fut jadis calqué sur le vôtre alors qu'il était encore admiré dans le monde entier. Il n'y a qu'en ce qui concerne les médecins généralistes, que notre système est un peu différent. Ainsi, nos médecins, moins nombreux qu'ils ne sont chez vous, sont mieux rémunérés.

- Mais en France, nous manquons de médecins !

- Je sais, mais c'est parce qu'ils font des choses qu'ils ne devraient pas faire. Voyez-vous, nous avons appliqué un principe général à savoir qu'il ne faut jamais faire faire une tâche à une personne plus qualifiée que nécessaire. Ainsi, chez nous, le médecin, très bien formé, ne fait que de la médecine. Tant qu'il n'y a pas modification de la pathologie, le malade ne recourt pas à lui pour les renouvellements d'ordonnances mais à une infirmière. Les infirmières autorisées à prescrire de tels renouvellements ont bénéficié d'un complément de formation. La plupart de nos citoyens ne voient leur médecin qu'une fois par an.

- Nous avons des déserts médicaux. Des endroits où les médecins ne veulent pas s'installer. Nous sommes obligés de les subventionner, de leur offrir maison médicale et plus encore pour les y engager.

- Ici, vous le savez, nous n'achetons ni ne subventionnons personne. Ce problème, nous le connaissons bien d'autant que peu de personnes du Centre d'Aplostan ou du Sud n'ont envie de s'installer dans les Régions du Nord où le Climat est rude, la population clairsemée et où l'insécurité règne parfois du fait de l'antagonisme entre une population majoritairement musulmane et une minorité bouddhiste.

-Alors ?

- Notre Sécurité Sociale ne conventionne qu'un certain nombre de médecins par millier d'habitants, En fait, ce « numérus clausus » est corrigé par la dispersion de la population de telle façon que les malades puissent toujours avoir un médecin suffisamment proche de chez eux. Je ne connais pas la formule exacte. Il faudrait la demander au Ministre de la Santé. J'ajoute que les études étant gratuites, le jeune médecin sorti de la Faculté peut être requis pour exercer son activité les deux premières années dans une région qui lui sera affectée.

André François était fatigué. Le Président Bimbo s'en aperçut :

« Je vais vous laisser et demain Achille vous ramènera au Palais. Nous verrons alors si vous êtes en état de faire la petite virée que nous avons prévue. Je vous dirai aussi, pour en terminer avec la médecine, comment nous faisons pour que les médicaments soient moins chers qu'ils ne sont chez vous. Vous pouvez aussi vous renseigner auprès d'Achille qui fut jadis médecin

Il donna une petite tape amicale sur l'épaule d'André et s'en fut. Achille le reconduisit au Palais. Il demanda au président François :

« Vous avez parlé « médecine ». ?

- Pourquoi ? demanda André, étonné de ce qu'Achille d'ordinaire si discret sortît ainsi de son rôle.
- Dans une autre vie, j'ai en effet été médecin, puis fonctionnaire, puis médecin personnel du Président et maintenant je suis devenu une sorte d'homme à tout faire, répondit Achille en souriant. Il m'avait repéré alors qu'au Ministère de la Santé , j'avais mené avec succès les négociations avec les laboratoires en vue de

déterminer les prix que notre « Sécurité Sociale » serait prête à payer les médicaments qu'elle rembourserait. Nous avions remarqué que d'un pays à l'autre les prix de l'aspirine ou du paracétamol pouvaient varier plus que du simple au double. Pour qu'un médicament soit aujourd'hui remboursé, nous voulons avoir connaissance de son prix de revient de façon qu'un prix contractuel soit fixé qui laisse au fabricant une marge convenable certes, mais raisonnable. Nous avons énormément diminué nos dépenses de santé de cette façon et n'avons pas été obligés comme vous de réduire les dotations aux hôpitaux. Je reconnais que nous n'avons pas d'industries pharmaceutiques sur notre sol qui pourraient, comme chez vous, constituer des groupes de pression. A l'exception toutefois d'une petite entreprise que nous avons nationalisée et qui fabrique les génériques dont nous avons besoin.

Ils étaient arrivés. François serra la main d'Achille. Avec plaisir, il s'allongea tout habillé sur son lit. Il aurait bien téléphoné à l'Elysée pour prendre des nouvelles de ce qui se passaient en France. Cela attendrait demain. Il n'ouvrit même pas la télévision, sonna Margaret qui vint quelques secondes plus tard :

« Veuillez faire savoir au Président Bimbo que je le remercie pour tout mais que je ne ressortirai pas ce soir. Veuillez aussi me faire porter un repas froid à 7 heures avec si possible un verre de vin rouge, bien que nous soyons en terre musulmane.

Margaret s'inclina sans rien dire avec une moue désapprobatrice.

- C'est entendu, Monsieur le Présidu ».

Elle sortit, fermant délicatement la porte.

Vingt cinquième chapitre

Le lendemain, André François se réveilla plus tard qu'il n'aurait voulu ; son séjour en Aplostan touchait à sa fin et il avait encore tant de choses à apprendre de cet étrange pays où tous les problèmes étaient résolus d'une façon simple. Il se leva en hâte, mit la télé aplostane et sonna Margaret. Maintenant qu'il savait Achille médecin, il n'osait plus l'appeler comme un simple domestique.

Peu après elle entra dans son appartement :

- Monsieur ?

- Pouvez-vous me dire si le Président est visible ?

- Justement, il y a quelques minutes il m'a dit de vous joindre dans la demi-heure. Il doit partir assez vite dans le Sud où une tempête est en train de ravager nos côtes et nos îles.

La télévision aplostane montrait en effet des terres ravagées par la montée des eaux, des maisons et des usines effondrées, des gens au secours desquels venaient des pompiers.

- J'arrive, dit André qui s'engouffra dans la Salle de Bain. Il ne fit qu'une toilette sommaire et ressortit peu après.

- Allons-y, dit Margaret. Résolue, le précédant, elle le conduisit à la porte du Trianon où, chose rare, les voitures n'étant pas admises en ce lieu de retraite, l'attendait le Président Bimbo. Au volant l'humanoïde 58 et à côté de lui un être humain. Ils le saluèrent.

Le Président Bimbo lui fit un signe de la main :

- Nous étions convenus de faire une petite virée. L'actualité en a choisi la destination. Je vous présente Karl Sandoman, notre ministre de l'Intérieur. Nous allons sur les lieux du tsunami et de la tempête, sur la côte et de là nous prendrons un hélicoptère pour nous rendre, si c'est possible, sur nos îles de Chuan et de Wang, particulièrement atteintes. J'ai pensé que cela vous intéresserait de nous accompagner.

Tout au long du voyage, bien évidemment, j'essaierai de répondre à vos questions.

Il se tut et sur un ton plus bas échangea quelques paroles en aplosding avec le Ministre de l'Intérieur puis il prit son téléphone et appela un autre ministre, celui des finances probablement

Pendant ce temps, la quatre-quatre avait franchi l'enceinte du Château et le portail du Palais Présidentiel et maintenant roulait à vive allure – probablement à plus de 150 km à l'heure- sur la Voie Rapide Nord-Sud qu'André François connaissait déjà, une large autoroute bordée d'une voie ferrée.

Le Président Bimbo se carra sur son siège et s'adressa au Président François.

- Je suis à vous !

- Eh bien, merci de me consacrer de votre temps dans de telles circonstances et de m'associer à votre action.

- Tiens ! Vous me donnez une idée !

Vingt sixième chapitre

- Quelle idée ? demanda André, peu habitué à ce que le président Bimbo se comportât d'une façon aussi spontanée.

- Et si nous révélions à nos opinions, à nos peuples, que vous êtes ici ? Que vous êtes venu spécialement nous soutenir dans l'épreuve rigoureuse que nous traversons ?

- Quand serais-je arrivé ?

- Juste maintenant ! Pour nous témoigner votre sympathie dans les épreuves qui frappent notre pays.

- Euh oui, fit prudemment André François, puis après avoir réfléchi un peu, Oui ! Une excellente idée ! J'appelle Matignon. Il prit son téléphone et envoya un SMS à son secrétaire particulier, un autre au Premier Ministre, un troisième au Ministre des Affaires Etrangères et un quatrième au Ministre Chargé de la Communication Présidentielle.

- C'est compliqué, chez vous ! remarqua Bimbo en souriant.

- Très, il faut ménager la chèvre et le chou !

Le téléphone se mit à vibrer : les réponses. André les lut.

- C'est entendu, faisons cela, mais je ne suis peut-être pas vêtu comme il le faut. Comme un homme ordinaire.

- Vous avez voulu vous mettre à la portée de gens simples dans le malheur... proposa Bimbo.

- C'est ça !

- Bien sûr, je vais dire quelques mots à mon peuple, poursuivit le Président Bimbo, je vous présenterai, vous remercierai d'être venu nous assister dans les circonstances dramatiques que nous vivons , puis je vous passerai la parole.

- Mais je ne sais pas le globish....

- Vous parlerez l'anglais que vous avez appris ; c'est pratiquement du globish.

- Alors.... Mais je n'ai pas fait de texte...

- Nous avons encore une demi-heure de route. Si vous le voulez, Achille qui parfois écrit mes discours fera le vôtre. Pas difficile. N'est-ce pas, Achille ? Je ne veux pas vous offenser mais le plus souvent il ne s'agit que du copié-collé de banalités.

- Oui, répondit en Achille en riant. Moi-même j'en fais faire le brouillon par 98 !

- Entendu ! conclut le Président François, qui prenant de la hauteur, dit : je vais écrire mon texte moi-même ! Cela me rappellera le temps de mes études ! » Achille tendit un bloc de papier et un stylo au président français.

Vingt septième chapitre

Ils étaient presque arrivés. Bien que les portières du quatre-quatre fussent bien closes, on sentait l'air vif de la mer, on entendait le vent et par les vitres fumées on voyait les palmiers-chanvre se plier à se rompre de part et d'autre de la chaussée.

Le quatre-quatre avait maintenant quitté l'autoroute et entrait dans une petite ville, se dirigea vers la Mairie (Pol Dom, en aplostanais) . Le portail s'ouvrit sur une cour intérieure où les attendait un hélicoptère.

« Cela sera plus pratique pour aller sur les lieux », dit le Président Bimbo.

Seul 59 resta dans la voiture et se brancha sur l'allume-cigare. La façon robotique de faire la sieste et de reprendre des forces.

Le président, André et Karl Sandoman montèrent dans l'hélicoptère. Le pilote et le co-pilote, à en juger par leurs uniformes, étaient des gendarmes. Ils saluèrent sobrement leurs passagers et l'hélicoptère s'éleva rapidement. Après trois ou quatre minutes, il se posa sur le toit d'un hôtel donnant sur la mer dont le gros-œuvre avait résisté à l'ouragan. Sortis de l'appareil, les trois hommes regardèrent de part et d'autre et virent un enchevêtrement inextricable de bâtiments détruits, de voitures retournées et de de bateaux portés jusques là par la mer. Une foule errait, chargée de ballots, d'enfants en bas âge. Un gendarme vint à la rencontre du Président Bimbo et le salua sans un mot, lui tendant un micro tandis que les rejoignait le préfet de Région qui, sur un autre micro s'adressa à la foule. Il lui demanda un peu d'attention et lui annonça que le Président Bimbo, l' « Aplostanpot » allait dire quelques mots. Le Président parla à son peuple successivement en Aplosding et en Globish.

En substance, à ce qu'André François put comprendre, il lui rappela que tous les aplostanais étaient des frères et que son cœur lui avait commandé d'être aujourd'hui au milieu de ses concitoyens dans le malheur.

Il ajouta que ni lui ni l'ensemble du peuple aplostanais ne les laisseraient dans la situation dramatique dans laquelle ils se trouvaient.

Il leur communiqua deux séries de mesures concrètes, les unes applicables immédiatement, les autres plus tard.

Dans l'immédiat, étaient réquisitionnés pour accueillir les sans-abris tous les locaux qui n'avaient pas trop soufferts de l'ouragan, les gymnases, les lieux de culte de toutes les religions, les hôtels pour la plupart vides en cette saison.

Il annonça un emprunt national à 3 % garanti par l'état dont les intérêts seraient défiscalisés et qui serviraient à la reconstruction en plus solide et en plus beau de tout ce qui avait été détruit.

Il termina son discours en annonçant que la France avait voulu marquer sa solidarité et que son Président, André François était venu spécialement pour assurer le peuple aplostanais de la solidarité et de la fraternité de la patrie des droits de l'homme.

Ensuite il tendit le micro au Président André François qui annonça que son pays mettrait à la disposition de la nation aplostanaise, un bataillon de pompiers, trois hôpitaux de campagne, etc....et que tout cela était sur le point d'arriver ici-même. Il proposa pour finir que la France participât à la reconstruction des dégâts que le peuple aplostanais avait subis.

Ces deux allocutions prononcées, Les deux présidents, le ministre de l'Intérieur, le baron de région et quelques militaires descendirent les quelques étages de l'Hôtel de façon que les présidents pussent prendre un bain de foule sous une armée de caméras qui, par je ne sais quel mystère, étaient déjà sur place.

Vingt huitième chapitre

Le Président Bimbo après le bain de foule ne s'attarda pas. Avec son escorte, il remonta assez vite dans l'hélicoptère de telle façon qu'il pût ainsi qu'André François se rendre dans les trois îles aplostanes de Tsin, Wang et Chang, elles aussi touchées par l'ouragan, saluer leurs habitants et les assurer de leur fraternité, de leur solidarité et leur annoncer qu'au moyen d'un emprunt national à 3 % , tout ce qui était détruit serait reconstruit, plus beau et plus solide qu'auparavant, qu'une société néerlandaise allait être sollicitée pour construire des digues qui les protégeraient à l'avenir contre de telles catastrophes.

Remontés dans l'hélicoptère vers le Municipe où les attendaient le quatre-quatre présidentiel, le Président Bimbo resta silencieux et peut-être même s'endormit-il quelques minutes. André François respecta son silence et ce ne fut que remontés dans la voiture qui allait les ramener au Palais Présidentiel qu'il se permit de poser une question.

« Cher Président ! j'ai admiré la rapidité de votre réaction, la rapidité avec lesquelles vous, connu pour être un homme sage et réfléchi, vous avez su prendre et communiquer votre décision de lancer un emprunt à 3 %.

- Oui, répondit brièvement, Bimbo. Nous allons nous arrêter ici, n'est-ce pas, 59. »

Entendant son numéro, 59 opina et prit une prit une bretelle qui menait à une aire de repos. Ils s'arrêtèrent devant un restaurant.

Ce n'est qu'une fois attablés devant un repas composé de rouleaux de printemps et de raviolis à la vapeur que le Président prit la parole.

« Oui, C'est parce que j'ai réfléchi à ces choses-là, que j'ai agi rapidement. Je sais que c'est dans le malheur qu'il faut que les gens sachent qu'on est près d'eux et ce ne n'est que pendant que l'émotion est forte, qu'un emprunt peut réussir. Voyez-vous, tous les journaux en parlent déjà et toutes les banques du pays démarchent actuellement leurs clients pour en faire un grand succès national. N'est-ce pas, Karl, ajouta-t-il en se tournant vers son ministre de l'intérieur.

- Oui, répondit Karl Sandoman, qui venait de téléphoner à son collègue des finances.

- Mais aviez-vous besoin d'un tel emprunt ? Vos finances sont saines et – chose rare – votre balance du commerce extérieure bénéficiaire. Pardonnez-moi mon indiscrétion ; aviez-vous besoin de cela et si oui, compte-tenu des finances de votre pays, vous auriez pu trouver sur les marchés mondiaux qui regorgent actuellement de liquidités un prêt à 0 % voire à intérêt négatif.

- C'est parce que nous n'avons justement pas besoin d'argent, que l'Aplostan peut se permettre de servir un intérêt de 3 %, un luxe dont le but est de raffermir le sentiment national dans tout le pays et de montrer notre fraternité à ces régions du sud dont vous savez qu'elles sont parfois agitées de velléités indépendantistes. J'imagine que cet emprunt sera très vite souscrit par notre peuple et notamment par les classes populaires. Les 3 % que la Banque Nationale Aplostane servira se retrouveront assez vite dans la consommation et participeront à notre essor économique.

-... et la Banque Nationale accordera à qui veut construire ou investir en actions de sociétés aplostanes des prêts à 4 %, voire à 3,5 %.

- Je le suppose, dit le Président Bimbo.

Ils terminèrent le repas, sobrement arrosé de thé au jasmin, par quelques Kumquats, puis regagnèrent le Quatre-Quatre présidentiel où les attendait 59, lui-même rechargé sur l'allume-cigare.

Vingt neuvième chapitre

« Maintenant que nos opinions sont au courant de ma présence ici, en quelque sorte votre hôte, je pense qu'elles ne comprendraient pas de ma part un séjour qui se prolongerait. Je pense donc vous quitter bientôt », dit le Président André François au Président Bimbo.

- Je comprends.

- Je vous quitterai – à regret, croyez-le – dans deux jours. Si pendant ces deux jours vous pouviez me consacrer quelques heures à répondre à quelques questions encore, vous me feriez un immense plaisir.

- Allons-y, répondit le Président Bimbo en se carrant dans son fauteuil.

Ils étaient revenus au Château-Fort, dans le petit salon vieillot au dernier étage de la tour Nord, celui d'où l'on avait une si belle vue sur les vignes au loin et, plus loin encore, les montagnes embrumées

- Ne vous proposiez-vous pas de me dire comment vous avez fait pour éviter que les abords de vos villes ne fussent grignotés par ces immenses centres commerciaux qui, à un moment où les changements climatiques vont raréfier les terres cultivables....

- Ici, l'interrompit le Président Bimbo, l'Etat est propriétaire des sols. Cela date de l'époque où notre pays était soumis à la férule communiste. Cela a eu du bon, à certains égards. Entreprises et particuliers ne sont propriétaires que de ce qu'ils bâtissent mais locataires du sol qu'ils occupent. Ce sont nos services d'état qui décident de la destination du sol, habitations, routes, cultures, etc... et nous n'accordons de dérogation que très exceptionnellement et seulement pour des raisons stratégiques...

- Nous avions aussi commencé à parler de.... d'Instruction Publique lorsque je fus saisi d'un malaise.

- Oui.

- Nous avions vu tous les efforts que vous consacrez à l'éveil et à l'instruction de vos enfants. Qu'en est-il de l'enseignement secondaire et supérieur ? Est-il aussi coûteux que le nôtre ?

- Ne vous avais-je pas dit que nous ne considérions pas l'enseignement comme une dépense mais comme un investissement ? dit le Président Bimbo.

- Oui.

- Il ne diffère du vôtre que sur quelques points, surtout depuis que je suis au pouvoir. Je me suis en effet servi de mon expérience acquise pendant mes études à Paris et Bruxelles. Quelques différences, de taille cependant que je vais rapidement vous énumérer :

a) nos études sont plus courtes. Elles consistent d'ailleurs plus à apprendre à apprendre qu'à simplement apprendre ; On entre au lycée pour cinq ans et ensuite on est orienté, selon les aptitudes, vers tel ou tel université ou école professionnelle. Il n'y a pas de « prépa » et notre enseignement est resté totalement gratuit.

b) les langues mondiales que nous considérons les plus importantes compte tenu de notre environnement, à savoir le russe, le mandarin et l'arabe sont enseignées obligatoirement aux côtés du latin et du sanscrit dès les plus petites classes. Optionnellement, le français, l'espagnol et le portugais. L'autre jour je n'ai pas eu le temps avant votre petit malaise de vous dire que dès la « Maternelle », ces langues sont dans un premier temps enseignées d'une façon purement orale dans des classes d'immersion par des étudiants étrangers dont elles sont les langues maternelles en contrepartie d'un petit salaire et d'une bourse pour étudier dans nos universités. Les professeurs agrégés n'interviennent que dans un deuxième temps.

c) L'équivalent de votre baccalauréat à la fin du secondaire n'est pas sélectif dans le sens où vous l'entendez mais orientatif, comme je vous l'ai laissé entendre. Les talents ayant été détectés dans le Primaire, nous faisons en sorte que chaque élève bénéficie d'heures supplémentaires dans les matières qui correspondent à ceux-ci.

d) Notre système universitaire, calqué sur le vôtre, est cependant étendu à toutes les disciplines. Il existe des « Grandes Ecoles » privées parce que notre pays est un pays libre, mais nous ne les encourageons pas et de toute façon chez nous elles ne bénéficient d'aucune subvention. Cela dit, il ne nous donne pas entièrement satisfaction et une commission réunissant des enseignants et des industriels ainsi qu'un délégué du Ministre des Finances chargé du Plan est en train de revoir tout cela. Nous n'en parlerons que lorsque le Parlement s'en sera saisi et aura pris sa décision. D'ores et déjà, nous avons fait en sorte que nos Universités et nos grandes Ecoles d'Etat soient gratuites. Elles sont toutes situées dans la campagne, nous les avons dotées de vastes domaines que cultivent les professeurs et étudiants. Elles sont donc pratiquement autosuffisantes en ce qui concerne l'alimentation, vendant leurs surplus de façon à acquérir ce qu'elles ne sont pas en mesure de produire. C'est non seulement bon sur le plan économique mais très formateur et excellent pour la cohésion nationale. Un ingénieur sort de son école en sachant ce qu'est un agriculteur

Que vous dirais-je encore ? Que dans le secondaire et le supérieur, nous récupérons largement le surcoût de l'enseignement maternel et primaire. Les classes du secondaire comportent 40 élèves. Les professeurs, eux, travaillent le même nombre d'heures que les autres citoyens mais sont beaucoup mieux payés que les vôtres. Mais pour en savoir plus, il vous faudrait rencontrer notre Ministre de l'Instruction Publique.

- Non, cela ira, répondit François, j'ai compris l'essentiel et pourquoi vous ne parlez pas d'Education Nationale.

- Oui, dit Bimbo en souriant. Ici, les parents élèvent, éduquent leurs enfants avant de les confier à l'Etat qui les instruit dans ses écoles et en fait ensuite des citoyens accomplis dans ses casernes.

Trentième chapitre

Bimbo et François regardaient d'un même regard au loin. Au-delà des montagnes plus devinées que vues, de grandes puissances qui pouvaient être dès aujourd'hui d'immenses dangers.

- Ces montagnes m'inspirent deux séries de questions, dit le Président François.

- Je les devine….

- Oui ?

- La défense nationale et notre adaptation aux changements climatiques.

- Exactement.

- Vous comprendrez que je ne m'étendrais pas davantage sur la Défense Nationale, mais pour ce qui est des changements climatiques, vous savez déjà que nous nous adaptons.

C'est avec une sorte de regret que je vous verrai repartir vers votre « dulce France ». Voyez-vous, nous sommes presque devenus des amis. Nous pensons aux mêmes choses au même moment.

- Pourquoi ce « presque », demanda le Président François en souriant.

- Parce que nous sommes présidents chacun d'un pays différent. Or un pays, vous le savez, a des alliés mais pas d'amis. Qui semblerait être un ami aujourd'hui peut devenir un ennemi demain, non que nous soyons animés de sentiments violents ou cruels, mais simplement parce que les intérêts de nos pays ont changé. C'est la nature des choses, l'ordre du Monde, à la fois splendide et dur. Votre Robert Notenboom sous le nom de Pomène en parle dans ses « Dialogues de Béotie ».

- C'est la deuxième fois que vous me parlez de cet auteur français presque inconnu chez nous.

- Quand je vous dis que les Français n'aiment pas la poésie !

Trente et unième chapitre

« Eh bien, je vous parlerai d'abord, non point de notre lutte contre les changements climatiques qu'il nous faudra hélas bien subir, mais de ce que nous faisons pour nous y préparer et même en tirer parti, commença le Président Bimbo.

Nous sommes une puissance moyenne, plus petite que la France et notre influence sur les autres états est quasi-nulle. Chose que personne n'a fait remarquer, c'est que certaines grandes ou moyennes puissances pensent bénéficier du réchauffement de la planète, la Russie, le Canada… pour ne citer qu'elles, oubliant ou négligeant qu'un tel réchauffement fera de leurs territoires situés le plus au Nord des cibles attrayantes pour d'autres états qui eux risquent une désertification accrue de leur territoire. Je ne crois donc pas en un réel engagement de ces grands états pour lutter efficacement contre un tel réchauffement qui, de toute façon sera entrepris trop tard.

Ici, en Aplostan, nous avons fait appel à des sociétés néerlandaises pour nous conseiller dans la protection de nos côtes par des digues et constitué avec elles des sociétés mixtes, c'est-à-dire dans lesquelles notre Etat s'est réservé soit une majorité soit une minorité assortie d'une « golden share ».

Comme vous le savez du Nord-Ouest au Nord-Est, un arc de cercle est constitué des premières mon-

125

tagnes de l'Himalaya. Les glaciers peu à peu se réduisent et certains ont déjà disparu. Là, mais vous le savez certainement, nous avons créé des sociétés d'économie-mixte avec deux sociétés françaises, l'une d'elle nous ayant déjà avec succès aidé à réaliser notre réseau routier en panneaux-solaires.

Des barrages sont en construction ou en projet pour faire ce que les glaciers ne font plus ou moins qu'avant, réguler l'apport d'eau douce pour nos pâturages et nos cultures. Les Français, aimant le gigantisme, proposaient un petit nombre de très grands barrages. Nous avons préféré privilégier un plus grand nombre de barrages de plus faible dimension qui assureront d'une façon régulière et bien répartie les précipitations des montagnes. Nous avons aussi prévu des usines de désalinisation de l'eau de mer mais un grand voisin a tendance à considérer comme sienne la mer sur laquelle donne notre côte Sud. Nous négocions avec ce voisin actuellement.

Comme nous n'avons ni pétrole, ni gaz et très peu de charbon, nous ne pouvons pas faire grand-chose pour réduire le CO_2 qui met en danger la planète. Aussi, avons-nous été- parmi les premiers à nous intéresser aux énergies renouvelables, notamment aux panneaux photovoltaïques. Nous aimerions aussi construire des éoliennes , mais, comme je vous l'ai dit, nous sommes en cours de négociation avec notre grand voisin qui malheureusement revendique la propriété de la mer qui borde la partie Sud de notre pays et qui porte son nom.

Ah ! J'oubliais, l'énergie offerte par les barrages que nous construisons à partir de maintenant sera transformée en électricité. Voilà les grands points de notre programme énergétique. Mais nous ne nous en tenons pas à cela.

- C'est déjà impressionnant ! dit André François.

- Le plus important, c'est notre action sur les esprits pour que nos concitoyens changent leur façon de vivre et consomment moins d'énergie.

- Autoritairement ?

- Chez nous les gens restent libres de leurs choix.

- Subventions? Se risqua en souriant André François.

- Jamais ! répondit en riant le Président Bimbo . Vous dites cela pour m'agacer et savez très bien que chez nous il n'y a jamais de subventions.

Aussi nous avons commencé à prendre une série de mesures :

A l'école et au collège nos enfants bénéficient de cours d'instruction civique où les problèmes d'écologie sont bien couverts. Nous encourageons les gens à produire eux-mêmes une partie de leur énergie et une partie importante de leur alimentation. Les panneaux solaires individuels, même s'ils comptent pour peu de chose dans la satisfaction de leurs besoins, rendent les gens conscients de l'importance de l'énergie. Il en est de même pour les jardins potagers…

- Pourquoi les jardins potagers ?

- A chaque fois qu'une famille produit elle-même une partie de ses aliments, nous réduisons le recours au transport de marchandises voire aux importations, source de dépenses en hydrocarbures et de pollution. Sans parler des routes qu'il faudrait élargir, voire multiplier, aux dépens de ce bien précieux, la terre arable et les forêts.

- Et vous donnez des subventions pour encourager les gens à…..

- Nous ne donnons pas de subventions ! dit en riant le Président Bimbo. Jamais. Nous ne trouvons pas très convenable d'acheter les esprits et trouvons plus économique en termes de nombre de fonctionnaires de rester simple. Non, L'électricité produite par un particulier pour lui-même ou ses voisins est dispensée de TVA. Les produits alimentaires non transformés, les fruits, les légumes, s'ils sont vendus dans la même région ne sont pas non plus, soumis à la TVA. Ensuite le taux est d'autant plus élevé qu'ils sont produits loin de leur zone de consommation. Pour tout dire, la TVA est augmentée d'une TSD d'une taxe à l'éloignement, à la distance.

- Cela revient à instituer des droits de douane pour les produits venus de l'étranger ! dit André François.

- Cela ressemble, cela ressemble, mais cela n'est pas, conclut le Président Bimbo en riant. Les Instances internationales nous ont cherché querelle sur ce point mais nous leur avons expliqué que les taux les plus élevés de TVA-TSD s'appliquaient également à celles de nos régions qui sont le plus éloignées du lieu de production. Je ne suis pas sûr que tout le monde a été convaincu, ajouta-t-il, mais enfin c'est notre position et nous n'avons pas l'intention d'en changer.

- N'est-ce pas pénaliser les populations des montagnes ou des trois îles aplostanes qui sont certainement loin des régions de grande culture ?

- Les îles aplostanes sont loin d'être déshéritées, très touristiques et des prix plus élevés pour des produits de base ne gênent en rien un tourisme orienté vers le luxe. Les aplostanais qui y vivent touchent des salaires plus élevés que ceux du continent. Quant aux régions du Nord, cette mesure nous a permis d'y faire renaître une agriculture de montagne offrant des produits de qualité. Nos vins de coteaux sont d'ailleurs délicieux et commencent à vous concurrencer ! ajouta Bimbo en souriant.

- Les populations n'y sont-elles pas musulmanes ?

- En partie, bouddhistes aussi Mais nos musulmans très modérés. Ils le sont d'autant plus que notre gouvernement a tout fait pour empêcher les bouddhistes plus nombreux de les persécuter. Leur sens national y est très fort. Enfin, le vin qu'ils produisent est exporté à 80 %, ce qui n'est pas sans compter dans leurs convictions religieuses.

- Mais, ne nous écartons pas trop de notre sujet. Le temps m'avez-vous dit nous est compté. Je n'aimerais pas oublier que notre Gouvernement participe à cet effort pour économiser l'électricité. Ainsi, passé onze heures du soir, les programmes de télévision doivent cesser et les théâtres fermer.

- N'est-ce pas un peu triste ? demanda songeur, André François. Nous avons eu un Président…

- Giscard d'Estaing

- Oui, qui avait mis en place un temps une mesure de ce genre.

- Nous nous sommes inspirés de lui. Mais vous me demandez si cela n'est pas un peu triste. Je ne le trouve pas. Je ne trouve pas triste que les citoyens soient pendant quelques heures rendus à leur vie intérieure, à leur vie de famille, coupés de l'influence des media même de ceux contrôlés par l'Etat.

- Oui, dit André François, d'humeur folâtre, ils pourront toujours lire vos journaux aux pages laissées blanches !

Trente deuxième chapitre

Sachant son départ proche, André François eut
envie de revoir Elisa qui avait fait un peu plus que
l'accueillir chez elle, à Aplospol. Il téléphona à Gustave Méridan, le chauffeur que le Président Bimbo
avait mis si gentiment à sa disposition, téléphona à Elisa pour s'assurer qu'elle accepterait de déjeuner dans
un bon restaurant de sa ville. « Oh, dans un très grand
restaurant, je me sentirais dépaysée, répondit-elle,
et vous-même ne le seriez pas assez. Je crois me souvenir – j'ai un peu voyagé jadis – qu'ils sont à peu près
tous pareils dans le monde entier. Non, je vous propose
un bon petit restaurant typique, typiquement aplostanais, tout près, dans mon quartier.

- Va pour un restaurant aplostanais ! A midi,
chez vous ? Je viens vous prendre ? »

Entre-temps, Gustave était arrivé et la DS ron-
ronnait doucement devant la porte du Trianon. Il était
un peu tôt mais André avait envie de profiter d'être en
centre-ville pour faire quelques pas. Il monta dans la
voiture et se fit conduire à la capitale qui n'était qu'à
une dizaine ou une quinzaine de kilomètres du Palais
Présidentiel. Il se fit déposer dans un parking à proxi-
mité de la rue où demeurait Gustave et lui demanda de
venir le rechercher à quinze heures.

Il ne s'agissait pas d'un déjeuner d'amoureux, ni
de rupture, juste un déjeuner pour se dire simplement

adieu, sans pathos. Il n'était pas question que les sentiments fissent naître ni en lui ni en elle une mélancolie
qui leur gâcherait de passer un court moment ensemble.

Il prit plaisir à emprunter le trottoir roulant, pris le temps
d'entrer et de flâner dans une librairie, savourant d'être
inconnu des nombreux chalands qui se pressaient devant
des rayons sur lesquels étaient présentés les derniers
livres parus en globish, en aplosding, en anglais aussi et
en chinois.

A l'heure convenue il retrouva Elisa qui, toute
belle, toute pomponnée, vêtue de sa plus belle robe,
l'attendait au bas de son immeuble. Il lui fit une bise
légère, amicale et lui offrit son bras. Elle le conduisit
dans une petite rue perpendiculaire à la rue principale.
Les restaurants y étaient nombreux. Ils entrèrent dans
l'un d'entre eux, le « sen aplostan restorani ». Un maître
d'hôtel vint les accueillir, salua Elisa qu'il semblait bien
connaître et les fit asseoir à une petite table en coin, près
d'une fenêtre et leur tendit à chacun une carte.

Comme il était encore tôt, il n'y avait pas encore
beaucoup de clients mais le maître d'hôtel ne cessait
d'accueillir et de placer de nouveaux arrivants, principa-
lement des aplostanais mais aussi des russes, des chinois
et des américains.

Dix minutes plus tard, un robot étrange vint à
eux pour noter leur commande. En effet, il avait deux
yeux sur le devant de la tête comme nous, mais également un œil à gauche, à droite et un à l'arrière de sa tête.
André s'en étonna.

« C'est un 75A, lui dit Elisa. Ils sont très intelligents, pourvus d'une grande mémoire, ne se trompent jamais dans les commandes et ne peuvent faire semblant de ne pas vous voir quand vous les appelez, comme c'est le cas chez vous et chez nous dans les très grands restaurants qui n'emploient que des humains.

- Mais n'est-ce pas gênant d'être servis par de tels robots ?

- Attendez, vous n'avez encore rien vu, dit Elisa en riant. Ils se décidèrent rapidement pour le menu du jour arrosé d'un vin des Monts de Sarman, un de ces coteaux que l'on devinait du Château-Fort.

En effet, quelques minutes plus tard les hors d'œuvres, de petites bouchées à la vapeur et une salade de menthe et de laitue leur furent apportés par un robot qu'André eut pris, sans la présence rassurante d'Elisa, pour un martien : des yeux tout autour de la tête comme le 75 A , mais en plus des bras à l'endroit où nous les avons nous-mêmes et d'autres qui semblaient partir un petit peu au-dessus de la taille.

- C'est un 25B, dit Elisa. Ils sont parfaitement adaptés au rôle de serveur. Ils ne sont pas très intelligents mais sont capables de servir facilement en une seule fois tous les convives d'une table.

- Je vois, dit François songeur devant son assiette de hors d'œuvre, le verre de vin que le 25B venait de lui servir et quelques amuse-gueules qu'ils n'avaient pas commandés et qui leur étaient offerts, ainsi qu'une bouteille d'eau minérale et un bol de riz blanc.

Trente troisième chapitre

Après le déjeuner, Elisa emmena André par une petite rue sur une voie plus large qui longeait le Fleuve Bleu, qui, parti des hauteurs proches au-dessus d'Aplospol était encore étroit et s'élargirait peu à peu jusqu'à la mer, mais dont les flots étaient déjà devenus paisibles. Ils s'assirent sur un des bancs du trottoir roulant qui longeaient le fleuve et purent voir défiler lentement un à un les plus beaux bâtiments historiques qui témoignaient de l'ancienneté d'Aplospol. Les anciennes demeures princières étaient devenues pour quelques-unes des musées, d'autres des ministères, celui du Patrimoine notamment. L'un d'eux portait à son fronton, « Senan Domi »

- Qu'est-ce que cela signifie ? demanda, André.

- Maison de retraites, répondit Elisa. Oui, le nom est encore en Aplostan parce que nos aînés parlent encore bien pour la plupart notre langue. Son usage leur est encore permis et pour ne pas les troubler, leur résidence porte encore ce nom.

- C'est très délicat !

- Oui, notre peuple a le plus grand respect pour ses anciens. D'ailleurs, ils ne vont dans de telles maisons que lorsqu'ils ne sont plus suffisamment autonomes pour rester chez eux.

- Et avec les robots, pas de problème pour s'occuper d'eux, hasarda André.

- Non, Certaines tâches sont accomplies par des robots mais nos anciens ne sont pas en contact avec eux. Tout le service à la personne est assuré par des êtres humains, souvent des handicapés, ou même des jeunes qui y font la deuxième partie de leur Service National. Parfois aussi des chômeurs parce qu'ici, personne ne touche d'allocation « chômage » s'il ne travaille pas.

- Voyez-vous, poursuivit-elle, ce dont les vieux ont le plus besoin, c'est de chaleur humaine. Quant aux jeunes, il est bon qu'ils apprennent la solidarité et se projettent dans ce qu'ils seront plus tard. Les handicapés, eux, nous ne voulons pas les rejeter et dans ces maisons ils peuvent, bien qu'ils travaillent généralement avec lenteur, se rendre utiles auprès de gens qu'ils ne mépriseront ni ne toiseront.

- Je vois, dit pensivement André.

Arrivés à un petit pont, ils le franchirent et revinrent par le trottoir roulant de l'autre rive à pas lents. L'heure de se quitter à jamais était proche. Elisa n'avait pas proposé à André de monter chez elles et André n'avait pas songé à le lui demander. Au moment de se séparer, ils se donnèrent un baiser léger et Elisa entra dans son immeuble tandis qu'André appelait son chauffeur.

Trente quatrième chapitre

« Votre journée s'est bien passée ? demanda Bimbo à André au dîner qui les réunit le soir, non au Château-Fort mais dans le Palais Présidentiel, ce bâtiment entièrement vitré d'une architecture moderne qui faisait tout le tour du Château.

- Très bien, répondit André sobrement.

Le Président lui avait présenté quelques personnalités aplostanaises, le Grand Muphti, un atman bouddhiste, le cardinal Berthier, le pope Barthalomeos, le Grand Rabbin, le Grand Maître de la Loge Aplostanaise et le Président local de la Libre Pensée.

Tous ces hommes, à commencer par Bimbo, portaient une toge blanche.

- Nous organisons périodiquement de petits dîners thématiques. Cela me permet de ne pas rompre tout contact avec la vie civile, avait expliqué le Président Bimbo.

Il fit lui-même les présentations. L'accueil que lui réserva la plupart des prélats fut poli, sans plus, alors même qu'avant son arrivée tous ces hommes semblaient avoir devisé aimablement, échangeant même des plaisanteries. André s'étonna de cette froideur.

- Je ne voudrais pas que ma présence fût pour vous une gêne….

Le silence qui suivit ces paroles maladroites fut brisé par le Président Bimbo.

- Allons trinquons à l'amitié entre tous les peuples quelles que soient leurs religions, dit-il en levant son verre de Jus de la Passion ; voyez-vous, nos amis ne vous connaissent pas, savent seulement que vous êtes Français et tiennent votre pays pour celui d'une laïcité à la française, hostile en fait aux religions.

- Mais il n'en est rien, rétorqua le Président François avec quelque hauteur.

- Je sais, je sais, je connais votre loi de 1905, mais telle qu'elle est vécue et vue d'ici, elle peut surprendre. Je vous donne l'occasion de vous en expliquer.

André François s'étant ressaisi, reprit la parole dans un silence attentif.

- Il est vrai que « laïc » veut seulement dire « le peuple » ; il est vrai aussi que notre législation se veut neutre et bienveillante à l'égard de toutes les religions mais il n'en reste pas moins que la laïcité chez nous a été établie en réaction à la toute-puissance de l'Eglise Catholique au cours de notre révolution de 1793. A ce moment, il y eut même l'amorce d'une persécution de toutes les religions et nous devons à Robespierre – instaurateur du Culte de l'Etre Suprême – qu'il n'en fut pas ainsi. L'empire puis la loi de 1905 dont vous parliez tout à l'heure, cher Président, contribuèrent à ce que la laïcité aujourd'hui tende à être « neutre et bienveillante » à l'égard de toutes les religions.

Le Grand Maître Franc-Maçon opina et le Grand Rabbin se risqua :

« C'est exact, nous devons à la Grande Révolution et à l'Empire de ne plus être persécutés chez vous.

Les serveurs apportèrent les premiers plats et l'atmosphère acheva de se détendre.

- Ce qu'il y a de drôle chez vous, pays qui se prétend patrie de la Liberté, c'est qu'on ne peut s'y habiller comme on veut, dit le Grand Mufti. Une femme qui se met un fichu sur la tête, même s'il ne cache pas son visage, est mal vue et si elle marche habillée sur la plage, elle risque même d'être arrêtée.

- Bah ! – et ce fut le Président qui vint au secours d'André, cela tient à ce que la France a une tradition peu libérale, monarchiste plutôt, à laquelle la Grande Révolution n'a pas changé grand-chose. Le Président François que nous avons l'honneur et le plaisir de recevoir a, comme la plupart de ses prédécesseurs les pouvoirs d'un monarque presque absolu sauf celui de changer les mentalités. Souvenez-vous de de Gaulle et de sa visite dans notre petit pays ! Je n'ai pas le dixième des pouvoirs du monarque électif d'un président français et la simplicité dans laquelle nous vivons n'a rien de comparable avec les fastes de la République Française.

- Qui nous a pourtant emprunté notre devise : « Liberté Egalité Fraternité » ajouta in petto le Grand Maître maçonnique.

Mais ses paroles se perdirent dans les conversations plus légères à l'arrivée d'un magnifique mouton en broche qu'apportèrent quatre robots.

Seul le bouddhiste fit une moue dégoûtée.

Trente cinquième chapitre

Le dîner ne dura pas très longtemps. Bientôt ne restèrent plus dans la salle qu'André François et le Président Bimbo. Celui-ci se leva :

« Les politiques, dit-il, ont peut-être beaucoup de défauts, mais ils ont en général une résistance plus grande que les autres humains. Venez, nous allons terminer notre conversation dans le petit salon du Château-Fort. Je sais que vous partez demain et je suis sûr que vous avez encore quelques questions à me poser »

La nuit tombait tôt dans cette région du Nord entourée de montagnes . Ils traversèrent en silence les jardins qui menaient au château. A leur venue, Achille leur ouvrit.

« Cela a été ?

- Bah ! ils se sont exprimés, répondit Bimbo. Ils sont comme autant de roses aux tiges piquantes qu'il convient de tenir serrées pour qu'elles ne partent pas dans tous les sens et ne fassent pas couler le sang.

- Les religions ont elles un statut particulier chez vous ? Y-a-t-il une religion d'état ?

- Non pas de religion d'état, ni de statut particulier. Nous sommes le pays de la Liberté. Elles sont des associations comme les autres. Enfin, pas tout-à-fait, nous leur accordons de ne pas payer d'impôts fonciers sur les lieux de culte.

- Vous n'octroyez aucune subvention, remarqua André François, mais recourez beaucoup à l'impôt pour encourager, favoriser les comportements…

- Et corriger les injustices du destin, dit Bimbo en riant. Nous sommes un peu des marxistes !

Rendus au petit salon, Bimbo se laissa tomber sur un canapé et dit :

- quelques petites questions ! allons-y ! mais pas trop parce que je me sens tout de même un peu fatigué.

- Oh ! nous avons vu l'essentiel mais j'ai noté quelques petites choses, des détails, répondit André François en sortant de son costume un petit carnet sur lequel il avait jeté quelques notes.

« Je ne sais si je puis aborder ce sujet avec vous et surtout vous poser des questions…

.- Allez-y, répondit le Président Bimbo, Puisqu'aussi bien je ne répondrai que pour autant que je le veuille.

- Votre Défense Nationale, comment est-elle organisée ?

- Vous me faites toujours rire, vous les Français avec votre tendance à ne pas vouloir employer le mot juste. Nous avons une politique nationale et un ministre des Affaires Etrangères pour assurer des relations convenables avec les autres pays. Quand ces relations ne sont plus convenables, que nous soyons attaqués ou non, il passe le relai au Ministre de la Guerre.

- Vous voulez dire que vous vous réservez de prendre l'initiative d'un conflit.

- Bien sûr. Que de massacres auraient été évités si les pays européens avaient attaqué le régime nazi préventivement….

- Je vois…

- Comme nous sommes un petit pays, par un jeu d'alliances, de compromis, de sacrifices parfois, nous évitons d'en venir à un conflit mais nous savons que l'on ne nous respecte qu'en raison du danger potentiel que nous représentons.

- Donc, vous avez une armée puissante ! résuma André François.

- Aussi puissante qu'il nous est possible.

- Et pourtant vous n'avez ni l'énergie nucléaire ni d'armes nucléaires.

- Non. Les grandes puissances ne le supporteraient pas. Bien sûr, nous pourrions comme les Coréens du Nord les braver mais nous ne pensons pas que ce soit notre intérêt. Nous avons préféré développé d'autres armes, peu coûteuses , moins spectaculaires mais tout aussi efficaces, et qui pour des raisons que j'ignore, n'inquiètent pas les grandes puissance Vous me permettrez de ne pas vous en dire plus sur ce sujet, conclut le Président Bimbo.

- Bien sûr !

- Par ailleurs, nous avons fait en sorte d'avoir une armée conventionnelle importante, en instaurant un Service National et la Conscription, en développant la robotique, les robots humanoïdes pour être clairs et les drones. En cas de conflit, nous sommes en mesure d'appeler sous les drapeaux tous les citoyens de 19 à 50 ans et les volontaires plus âgés, n'excluant pas les personnes très âgées qui préfèrent mourir au champ d'honneur que de suites douloureuses d'une longue maladie. Les robots humanoïdes spécialement programmés pour cela sont envoyés en première ligne. Dans les usines et les campagnes, de nombreux autres robots viennent en remplacement des citoyens que nous aurons décidé de mobiliser.

Tiens, je sais que cela vous amusera, ajouta Bimbo d'un ton plus léger, en première ligne nous mettons volontiers des robots de la famille 10 mais aussi des robots de la famille 20 avec des yeux sur les côtés et à l'arrière de la tête. Nous les utilisons aussi pour les patrouilles dans nos villes, de telle façon qu'ils ne puissent être surpris par l'arrière…

- Avec quatre bras ? demanda André en riant.

- Non, deux suffisent ! Je vois que vous avez été au restaurant. Ceux-là nous les avons réalisés pour les cafés, restaurants et brasseries ainsi que pour quelques industries, encore que ces dernières se servent plutôt de robots qui n'ont pas forme humaine. Les mêmes que dans vos pays.

- Une autre question, dit André, qui sentit que l'entretien était clos sur ce sujet, et ce sera mon avant-dernière question, la dernière portant sur la culture, qu'en est-il exactement de l'Aplosding ? votre langue nationale que vous semblez avoir remplacée partiellement par le Globish, je crains de ne pas vraiment comprendre…

- Je comprends que vous ne compreniez pas, répondit le Président Bimbo. Je vais essayer de vous expliquer, encore que le Ministre du Patrimoine serait mieux habilité à le faire que moi..

- Le Ministre du Patrimoine ? s'étonna André François.

- Oui, elle est classée. C'est-à-dire que nous avons fait en sorte qu'elle ne soit pas souillée, avilie, envahie de mots étrangers, appauvrie de termes grammaticaux essentiels, comme la plupart des langues vivantes, notamment la vôtre hélas. C'est un peu comme si vous aviez considéré que le français du 18ème siècle était parfait et ne devait plus évoluer si ce n'est pour intégrer des mots nouveaux correspondant à des concepts nouveaux. Hélas, cela nous a semblé impossible en raison notamment de l'influence des USA de faire en sorte que notre peuple se range à notre avis et se plie à une telle discipline. C'est pourquoi, fichu pour fichu, nous avons accepté que l'anglais sous sa forme « globish » devienne notre langue officielle, la langue vernaculaire de notre peuple, enseignée dans toutes les classes de nos écoles et lycée et pratiquée dans la vie sociale. L'aplosding continue d'être parlé dans les familles sous des formes dialectales plus ou moins corrompues . Elle est enseignée dans sa forme classique dans les Lycées en seconde ainsi que dans les Universités comme le sont le latin, le grec ancien ou le sanscrit.

Un doctorat par exemple ne peut être accordé que si la thèse est écrite en aplosding Classique. Nos codes civil, pénal et autres sont rédigés dans les deux langues mais en cas de litige, c'est la version en aplosding qui fait autorité.

- Ah ! Je comprends mieux. D'autant qu'en France on ne parle plus vraiment français et pas vraiment anglais. Moi-même, ajouta André François, je souffre de la disparition du passé simple et de l'utilisation, rendue nécessaire par cette disparition, du passé surcomposé. « Il a eu chanté » est horrible.

- N'est-ce pas ? Ce sont de telles choses que nous refusons. Ainsi que l'invasion de mots américains mal prononcés et détournés de leur sens. Nous ne faisons jamais que ce que firent les peuples européens alors qu'ils parlaient déjà de multiples patois issus pour beaucoup du latin dont sortirent vos langues actuelles, en réservant le latin dans sa pureté scripturale aux écrits les plus importants. Tout au moins jusqu'au cinquième siècle, je crois me souvenir.

- Vous m'avez parlé de votre « Ministère du Patrimoine ». En quoi diffère-t-il de notre Ministère de la Culture ?

- Nous ne défendons que les œuvres du passé, les bâtiments historiques, certains lieux, la musique classique d'ici et d'ailleurs, les peintres, sculpteurs et écrivains dès lors qu'ils sont morts depuis au moins cinquante ans. Comme je vous l'ai dit, pour des raisons aussi bien morales que financières, nous nous refusons à accorder toute subvention. Comme les produits de première nécessité, les œuvres d'art ne sont pas soumis à la TVA ou à une TVA réduite, voilà tout. Au cours de mes voyages d'étude, j'ai constaté que subventionner l'art contemporain revenait à donner de l'argent à des artistes bien en cour et déjà bien pourvus. D'autre part, cela conduisait à un art officiel. Un artiste inconnu qui composerait aussi bien que Jean Sébastien Bach ou peindrait comme Michel Ange ne toucherait rien. En revanche, déjà reconnu par les media tel ou tel autre toucherait des subventions pour envelopper nos plus beaux monuments de papier chiffon ou de torchons. Pas de ça chez nous ! Nous préférons la diversité en art et que les artistes vivent de leur travail comme tout le monde.

- Ah ! fit rêveur André François, faudra que je pense à cela. D'autant que beaucoup de nos bâtiments historiques menacent ruine sans se plaindre et que nous payons des architectes fonctionnaires à élaborer des projets de restauration dont ils savent – ce qui est absurde et démotivant – qu'ils ne seront jamais réalisés.

Trente sixième chapitre

« Je ne voudrais pas vous voir partir les mains vides de votre visite. Je suis me sens un peu responsable de ce qu'elle soit devenue officielle, avança le Président Bimbo, alors que ce n'était pas votre propos.

André François était en effet un peu gêné de devoir s'expliquer auprès de ses conseillers à l'Elysée et de son premier ministre d'une si longue absence. Au peuple, il aurait dit n'importe quoi et cela serait passé comme une lettre à la poste. Sa femme, quant à elle, était habituée à ses frasques et avait certainement profité de son absence pour vivre sa vie. Mais les politiques ! Et le « Canard Enchaîné » !

- Oui, enchaîna, Le Président Bimbo, vous pourrez annoncer nous avoir vendu 15 Mirages de plus et annoncé d'importants contrats à venir avec les sociétés Vinci et Véolia qui seront finalisés entre les représentants de ces sociétés et notre gouvernement.

Nous avions l'intention de passer de telles commandes, mais plus tard et sans savoir encore à qui. Nous n' aurons fait ainsi qu'anticiper une décision prévue et vous aurons retiré une sérieuse épine du pied. Nous ne doutons pas que vous saurez persuader les patrons de ces sociétés de s'en souvenir au moment de la finalisation de ces marchés. D'autant que d'autres marchés pourront suivre. Enfin, il se peut que vous trouviez dans votre avion de retour un cadeau surprise »

- André François inclina la tête en signe d'assentiment. Bien qu'il n'y eût aucun photographe de presse dans les parages, il prit la main du Président Bimbo et la serra chaleureusement.

Cette brève conversation s'était déroulée la veille du départ du Président François. Ensuite ils discutèrent encore du protocole à suivre le lendemain avant qu'André François ne se retire dans sa suite.

Trente septième chapitre

Les deux présidents étaient venus en avance à l'aéroport d'Aplospol dans l'hélicoptère présidentiel. Survolant l'aéroport, André François put constater la modestie des bâtiments et plus encore celle des pistes d'envol, la plupart d'entre elles étant aussi courtes que celles d'un bateau porte-avions.

- Vous vous étonnez de ce que nos pistes d'atterrissage et d'envol soient aussi courtes. Voyez-vous, nous avons quelques pistes plus longues pour les avions d'ancienne génération, la plupart étrangers, là-bas, mais nos propres avions qu'ils soient militaires ou civils sont tous conçus pour être en cas de besoin utilisés à des fins militaires. Ils décollent et atterrissent d'une façon presque verticale. A cet égard, je ne comprends pas bien qu'à Nantes la France ait encore prévu de construire un aéroport avec d'immenses pistes, mangeuses d'espace, de terre arable, si précieux alors même que les changements climatiques vont encore les raréfier.

- Je sais, je sais. Nous nous sommes engagés et je ne sais trop comment me sortir de ce guêpier sinon en gagnant du temps.

Le Président français serra les mains du Premier Ministre, de quelques ministres présent et sortit du salon des VIP. Une nuée de journalistes l'attendait.

Il prit son air le plus présidentiel et dit en globish les quelques mots que 99 lui avait préparés et qu'il avait appris par cœur, parlant des liens indéfectibles entre les deux nations, leur même attachement à la devise « Liberté, Egalité, Fraternité », etc… Il annonça la conclusion d'importants marchés, etc…

Il donna l'accolade au Président Bimbo et gravit la passerelle du haut de laquelle, avant d'entrer dans la carlingue, il salua encore l'assistance d'un geste d'adieu et… en route pour la France ! Quel accueil lui serait-il réservé après cette escapade ? Il était un peu inquiet, parce que les syndicats avaient appelé une nouvelle fois à une grève générale….

- Ah ! les syndicats ! ne put s'empêcher de dire André François.

- Ah oui, vous avez cela…

- Vous non…

- Si, mais cela ne regarde pas trop le gouvernement. En fait nos salariés sont tous syndiqués et les syndicats qui recueillent plus de 33 % des voix sont représentés au Conseil d'Administration des Entreprises. Alors, ils s'arrangent avec elles. Bien évidemment, ils ne disposent d'aucun privilège – ils sont d'ailleurs très riches des cotisations qu'ils perçoivent et possèdent même leurs propres entreprises. Ils ne se mêlent pas de la gestion ni des Caisses de Retraites ni de la Sécurité Sociale qui bien évidemment sont contrôlées par le Parlement.

- Evidemment, dit André François, dont le désir de rentrer en France avait un peu faibli, bien que les comparaisons entre la France et Aplostan l'agaçaient un peu. Mais il pensait à la phrase de Mussolini qu'il aurait volontiers appliquée à son pays : « Non è difficile di gobernare Italia, è impossibile ».

Trente huitième chapitre

Dans l'avion qui le ramènerait à Paris, le Président Bimbo avait veillé à ce qu'André François disposât de tout le confort pour un voyage qui devait durer une quinzaine d'heures, pas plus, parce que sans escales.

Parti après un sommaire déjeuner pris avec le Président Bimbo, Le Président François s'attendait à arriver au Bourget vers 8 heures du matin, heure à laquelle il espérait que les journalistes ne seraient pas trop nombreux. Trop tôt aussi pour les manifestants, espérait-il. Il décida cependant de prendre des forces et de profiter de la chambre à coucher qui avait été mise à sa disposition. Les notes qu'il avait prises tout au long de son voyage, il les mettrait en forme plus tard. Peut-être en tirerait-il quelque chose ? Il l'espérait mais en doutait, tant il savait son pays difficile à réformer. Les français étaient très conservateurs, l'avaient été tout au long de leur Histoire. Jamais aucun changement n'avait pu aboutir que par la violence, que ce fut celle du prince ou celle de la rue, parfois celle du prince alliée à la rue contre les élites.

Nombreux étaient ses confrères qui enviait le Président de la République Française, s'imaginant qu'il bénéficiait des pleins pouvoirs comme la constitution le prévoyait. Ils n'imaginaient pas le pouvoir des syndicats qui tiraient profit d'avantages qui leur avaient été inconsidérément octroyés au lendemain de la dernière guerre mondiale, comme la gestion de l'Assurance Maladie et des Retraites, sans parler des subventions et des prébendes qu'ils recevaient, au point qu'ils n'avaient pas besoin des cotisations des travailleurs pour prospérer. Il s'en était suivi une radicalisation, bien éloignée de la mentalité du peuple lui-même qui aimait se dire « râleur » et qui en fait, peut-être en raison de son vieillissement, était plutôt placide.

Il s'endormit. Au réveil, il se fit servir un thé et quelques douceurs – il en aurait bien besoin- et griffonna les quelques mots qu'il dirait à la presse, si malgré la demande qu'il avait faite, elle l'attendrait à son arrivée. Il regretta vivement de ne pas avoir demandé au Président Bimbo de lui prêter un 99 pour s'acquitter de cette besogne. C'est ce robot qui aurait été reçu par la presse et lui aurait fait un petit speech tandis que lui-même serait monté dans un hélicoptère qui l'aurait emporté directement dans le jardin de l'Elysée. Les robots, cela semblait bien commode, pensa-t-il rêveusement.... Il se rallongea et dormit encore.

Il ne se réveilla qu'au bruit que faisait l'avion en perdant de la vitesse pour amorcer son atterrissage. Il mit son veston, essaya d'ajuster sa cravate et comme un gladiateur s'apprêta à affronter la foule. A ce moment précis, sortit d'une cabine un homme qui lui ressemblait comme un frère et vêtu exactement de la même façon que lui.

« Je suis un 99, 992 pour être exact, un cadeau que le Président Bimbo a décidé de vous faire. Vous savez, le «cadeau surprise » ; Eh bien, c'est moi. Il lui tendit une notice : Voici mon mode d'emploi et vous pourrez me programmer pour agir à votre place en toute circonstance. Actuellement, je suis conditionné pour m'adresser aux journalistes ou à la foule à votre place. Achille vous a parfaitement étudié et s'est donné la peine de me programmer lui-même. Je sais dire à chacun ce qu'il veut entendre sans m'engager le moins du monde...

- Je ne sais pas si je dois....dit André François, hésitant. Le Président Bimbo aurait dû le prévenir, le consulter. Il trouvait le procédé un peu cavalier mais était tenté d'accepter. Pressé par le temps, il dit :

- Eh bien, d'accord ! Je vais essayer de commander un hélicoptère. Ainsi, il me conduira à « La Lanterne » en toute discrétion pendant que vous ferez face...

- Inutile, répondit 992, c'est déjà fait. J'ai contacté le Secrétariat de l'Elysée tout à l'heure et l'hélicoptère doit déjà vous attendre.

- Comment avez-vous osé, s'indigna, André ! Comment avez-vous su que j'accepterais ?

- Nous vous connaissons bien, répondit calmement le 99 et d'une certaine façon savons lire dans vos pensées. Maintenant, ne pensez pas que quoi que ce soit vous est imposé et je puis très bien annuler l'hélicoptère. D'autre part, fit-il d'un air affligé, si vous ne voulez pas de mes services, il vous suffira de me demander de ne pas me recharger. Voilà tout et je mourrai.

- Mais je ne veux pas votre mort !

- Je suis un robot, Président, je ne suis pas soumis à la souffrance et sans difficulté j'ai l'attitude que vos grands sages n'atteignent qu'avec peine, un total détachement de tout. »

L'avion amorçait maintenant sa descente. 992 reprit :

« Vous devriez vous rendre maintenant dans le petit salon d'où vous m'avez vu sortir, petit mais confortable. Je prendrai alors votre place et me conduirai comme un vrai Président de la République. Quand tout le monde sera parti, je vous enverrai un SMS : vous sortirez alors de la carlingue et monterez dans l'hélicoptère qui vous attendra au pied de l'escalier. Voici mon numéro. 992 le griffonna sur une petit bout de papier.

Un peu vexé de ne pas être tout-à-fait maître de la situation – ainsi sont les grands de ce monde – mais rasséréné de ne pas avoir à affronter lui-même les journalistes, André François s'empressa de gagner le petit salon d'où était sorti 992 et s'allongea sur le divan qui en était le seul mobilier. Les robots ne devaient pas lire, n'y écouter de la musique, ni manger, ni boire…. se dit-il.

Trente neuvième et dernier chapitre

Tandis qu'André François rentrait tranquillement à l'Elysée, 992 avait fait un petit discours aux journalistes assemblés, leur avait parlé des « rafales » commandés ferme et des contrats à venir avec les principaux fleurons de ce qui restait de notre Industrie, s'était félicité de l'accueil que lui avait réservé le Président Bimbo, des liens chaleureux entre les deux pays, etc…etc….

Il avait ensuite répondu aux journalistes français et étrangers, assez nombreux, de ces banalités où tout le monde trouve son compte, en français mais aussi en Anglais. Imitant parfaitement l'inimitable accent français.

Il avait pris le temps d'envoyer un selfie à André François sur lequel on le voyait avec quelques membres du gouvernement qui apparemment ne se doutaient de rien et de journalistes ainsi qu'un sms annonçant qu'il se rendrait à l'Elysée dans quelques instants.

Cela ne créerait-il pas de problème, demanda-t-il, qu'à l'Elysée à quelques heures d'intervalle le même Président rentrât ? André lui dit que le personnel ici était habitué à ce qu'il sorte discrètement par une porte dérobée et rentre ensuite. Il lui donna rendez-vous au Pavillon de la Lanterne où lui-même allait se rendre.

Après avoir serré quelques mains et donné l'accolade à quelques- uns, 992 s'engouffra dans la Renault qui précédée et suivie de motards le conduisit à l'Elysée. Il avait été bien programmé et avait donc bien mémorisé les lieux et se dirigea sans hésitation dans les appartements privés du président où il retrouva André François, qui, oubliant qu'il s'agissait d'un robot lui serra la main.

- Vous prendrez bien un verre ? lui dit-il

- Je suis un robot. Je n'ai aucun besoin sinon que vous me remettiez en charge si vous pensez avoir encore besoin de moi.

- Quel dommage que vous n'éprouviez aucun sentiment ! se laissa à dire André François. Quelle joie cela aurait été pour moi d'avoir un confident ! Curieusement, j'ai comme une sorte de sympathie pour vous.

- Normal ! répondit le robot. J'ai été conçu et programmé pour vous ressembler. Je suis comme un autre vous-même. L'absence de sentiments que vous semblez regretter en moi me permettra, si vous le voulez bien, de vous conseiller d'une façon objective dans vos moments de doute, d'hésitation, ou quand votre cœur se laissera submerger par l'émotion.

- Qui me dit que le Président Bimbo n'a pas laissé en vous un petit quelque chose pour que vous me conseilliez selon ses idées ou son intérêt.

- Un risque à prendre, répondit 992, en souriant d'un vague sourire, qui, effectivement lui rappelait celui du président aplostanais.

- Je le prends ! décida André François.

Il installa le robot dans un petit cabinet muni d'une prise de courant à laquelle 992 put se brancher et gagna son bureau.

Il sonna son secrétaire particulier.

« Au travail ! » se dit-il à lui-même.

Du même auteur

Canal 14 (roman écrit en collaboration avec Annie Deveaux Berthelot Le Lys Bleu éditions. 2018

Le temps d'un sein nu
Dialogues de Béotie chez Belladone éditions. 2017

Flashes sur une vie sans importance, suivi de Fables et contre-Fables. aux Editions du Puits de Roulle. 2015

Langue Française et Poésie (poche) aux Editions du Puits de Roulle (2015)

Les Chemins du Silence aux Editions du Puits de Roulle aux Editions du Puits de Roulle (2014)

ULTIMA VERBA, une vie de poésie aux Editions du Puits de Roulle (2013)

 (2010)Langue Française et Poésie aux Editions du Puits de Roulle (2012)

A l'embaumée des fleurs aux Editions du Puits de Roulle (2011)

Fables et contre-fables aux Editions AGC (2010)

Il n'y a pas d'hiver à la Librairie LGR Racine (2010)

Du silence à l'éveil à la Librairie LGR. Racine (2009)

Achevé d'imprimer en mai 2019
Pour le compte de Z4 Editions

www.ingramcontent.com/pod-product-compliance
Lightning Source LLC
Chambersburg PA
CBHW020338260626
47156CB00004B/1594